精選40個中學生必讀的愛的故事

子陽●著

序言

孩子，做個有愛的人！

幾年前，你來到了世上，用一種調皮的眼光看著這個世界。我一直在贈送給你東西，但不是金錢，就是玩具，不是好吃的，就是新衣服……我想清楚了，要送給你一份特殊的禮物！

孩子，這些故事是我經過很長時間積累的，它們都是有關於愛的，我想沒有比愛更值得你擁有了。

現在，你年紀還很小，會遇到很多新的問題。親愛的孩子，在你未來的道路上，有愛會助你一臂之力。

你要好好地處理好與老師、父母、同學、鄰居、朋友、普通人、陌生人、兄弟姐妹、名人、其他的長輩的愛，這是我對你的囑託。

一個有愛的人會變得溫馨而又美好，有愛會化解一切不愉快。

孩子，你要做一個有愛的人，這是你的福分。

想想，如果別人愛你，你是多麼地幸福啊！如果別人不愛你，你是多麼地可憐啊！

世界需要有愛，只要人人都獻出一點愛，世界將變成美好的人間。

孩子，我現在還沒有結婚，還沒有孩子，你是我目前唯一疼愛的晚輩，我發覺我即使會給予你很多，但都沒有愛來得讓人心安理得。

孩子，我是經過很長時間的考慮，才決定送你一本滿滿都是愛的書籍。

這會讓你變得更加可愛，變得更加聰明，變得更加討人喜歡！

孩子，這四十篇愛的故事你要細細地去咀嚼，我希望能看到將來美好的你。

只要你擁有了愛，也是你的爸爸、你的媽媽、你的奶奶所希望看到的！

孩子，我聽你爸爸說你經常不老實，會和鄰居的小朋友鬧矛盾，你有時候會合理化自己的行為，自我感覺良好，結果會不求上進。我還聽你的媽媽說，你經常搞壞奶奶的東西，這樣就不是一個乖孩子哦！還有，鄰居王阿姨還向我打小報告，說你經常在家裡動不動地就生氣，還挑食、厭食……

每每聽到這些話，我是多麼地擔心啊，我不可能像你的爸爸媽媽一樣照顧著你，也和你住在不同的地區。我只能一年一次或者幾年一次地去看望你，但是，我希望在每次見到你的時候，你都會有新的改觀。

我希望你是那麼地溫純，是那麼地讓人放心！

孩子，願你的每一天都是嶄新的，你成為一個有愛的人，會讓你給別人帶來更多的快樂和感動，你也會得到別人更多愛的回報，你因此會活得有滋有味，這也是我一生對你的祝願。

因此，我特意為你寫下了這一本滿滿都是愛的書，這也是送給你的我最滿意的禮物。

當某一天你有機會翻開這本書的時候，一定要告訴我，你變得越來越討人喜愛了。

孩子，我也不再多嘮叨了。看看，窗外的星星正眨眼睛呢，我想這時候你一定正甜蜜地睡著吧！我希望漂亮的月亮姐姐把這一份愛的禮物帶到你的身旁。

願這一份愛的禮物，讓你受益終生。

愛你的親人

CONTENTS

目次

序言　孩子，做個有愛的人！　003

Chapter 1　愛家人

孩子，父母的愛是最無私的，而且永遠上演，永遠不斷。

1、滿滿愛的大樹　012
2、沒有上鎖的門　017
3、母愛的雕像　022
4、尋找父親的牆壁　026
5、奇蹟需要多少錢　031
6、兩個兄弟的分享　036
7、原來在乎的是這些　040
8、不再孤獨的相川　044
9、外婆的存錢罐　048
10、第一百位客人　052
11、給爺爺帶點陽光　057

Chapter 2 愛老師、同學

老師像園丁，孩子像花朵，花朵的不再枯萎，滿滿都是園丁播撒的愛。

12、老師的鼓勵 064
13、我會永遠愛你 068
14、最後的一次考試 073
15、挫折和困難不過如此 078
16、欺負弱小不是強者 083
17、兩個競爭者的想法 086
18、語文書的波折 091
19、真正的平等和關愛 095
20、勇於指正同學的錯誤 100

Chapter 3 愛朋友

朋友可能是一輩子的，也可能是短暫的，在於你們之間的愛有多深有多淺。

21、愛發脾氣的乍侖 106
22、什麼是真正的友情 110
23、重新找回了友誼 115
24、和失敗的對手做朋友 120
25、用關懷感動敵軍 124
26、信念的重要性 128
27、朋友應相互信任 133
28、朋友的借條 140

Chapter 4 愛別人

即便和對方不熟悉，愛，會化解你們之間的尷尬，讓一切顯得那麼自然，親切自在。

29、是誰開的槍 146
30、和窮人家的孩子交換 151
31、神父的選擇 156
32、誠信的售貨員 161
33、有沒有善緣 166
34、因寬容而得到遺產 170
35、感恩的恩惠 175
36、一杯牛奶的報答 180
37、對別人寬容的父親 185
38、傲慢的軍人 189
39、給實習生的考題 194
40、用心來寫字 199

Chapter 1

愛家人

孩子，父母的愛是最無私的，而且永遠上演，永遠不斷。

1

滿滿愛的大樹

有一棵大樹，一個可愛的小男孩每天都會來這裡玩耍嬉戲，他很喜歡這棵樹。他經常爬上這棵樹，摘果子吃，有時候還會在樹下打盹。他愛和這棵樹一起玩，這棵樹也非常喜歡他。時間一天天地過去了，小男孩變成了大男孩，他不再喜歡到樹下玩耍。

有一天，男孩又來到了大樹旁，看得出他裝滿了心事。

大樹說：「快過來，和我一起玩吧！」

可是男孩回答說：「我已經長大了，我不會再和你一起玩了。」

男孩又說：「我想要買好多好多玩具，可是我沒有錢，我該怎麼辦呢？」

大樹說：「我也沒有錢。不過沒關係，你可以摘下我身上的果子拿去賣了換錢，然後就可以買玩具了。」

男孩聽了非常高興，一下摘完了樹上全部的果子，然後拿著水果離開了。從那以後那個男孩就沒了音信，很長時間再也沒有回來過，大樹感到非常傷心。

有一天，男孩突然回來了，大樹高興極了，對男孩說：「快來和我玩吧。」

男孩說：「我現在沒有時間玩，我要養活家人。我們需要一所房子，可是我沒有錢買，你能幫我嗎？」

大樹傷心地說：「我沒有錢讓你買房子，可是，你可以把我的樹枝砍下來，建一所房子。」

男孩聽完非常高興，馬上砍掉了大樹所有的樹枝，拿著樹枝就離開了。看到男孩高興的樣子，大樹也非常高興。從那之後那個男孩又再次銷聲匿跡，幾十年不見人影，大樹感到孤獨寂寞，很傷心。

在一個炎熱的夏天，男孩又一次來到了大樹旁。

大樹非常高興地說：「快過來和我玩吧。」

可男孩說：「我現在很傷心，因為我開始變老了。我想去航海來放鬆自己的心情，不然以後就沒有機會了。所以我需要一條船，但我沒有錢買。」

大樹微笑著對他說：「我沒有錢，但是你可以用我的樹幹自己造一條船，你就能出去放鬆心情了。這樣你就能快樂起來，而我也會非常高興的。」

男孩砍下了大樹的樹幹，造了一條船，出去航海了，又是很長一段時間沒有來到大樹旁。

過了許多年，男孩又回到了大樹旁。

大樹說：「孩子，我再也沒有什麼東西是你需要的了。我不能給你果子吃了。」

男孩說：「我吃不動了，已經沒有牙了。」

大樹又說：「我也沒有粗壯的樹幹讓你爬了。」

男孩說：「我現在腿腳不好使了，爬不動了。」

大樹流淚了，傷心地說：「我想把我的一切都給你，可我現在只剩下這個樹墩了。」

男孩說：「我現在什麼都不需要，只希望有一個可以讓我休息的地方，因為這些年我活得太累了。」

這下大樹又高興又急切地說：「樹墩就是你最好的休息的地方，趕快過來，來我這裡休息吧。」

大樹流下了眼淚，不過這是高興的淚水。

愛的話語

這是一個非常感人的故事，那棵大樹就像是你的爸爸媽媽。

你小的時候爸爸媽媽花了很長的時間和很多耐心，教你學會如何用筷子，教會你如何穿衣，如何梳洗，教會你做人的道理。世界上最大的恩情，就是父母對你的養育之恩。這份恩情太重，是你應該用生命去維護，用真心去感激的。這份恩情你幾輩子都還不完，也不可能還完。

你要有一顆孝心，不要等到親人不在了再去後悔，那已經來不及了。你從現在開始就要從每一件小事中學會感激你的父母，因為感激不一定是物質上的表現，而更多的是情感上的，對父母的感激更重要的是讓他們感受到你是真的愛他們。

從現在開始就孝敬你的父母吧，開始用心愛他們吧，他們真的是為你付出得太多了！

2

沒有上鎖的門

在一個鄉下的偏僻小村莊裡住著一對母女，由於小村莊人煙稀少，所以母親很怕會遭到搶劫，總是很小心，尤其是到了晚上就把門反鎖上，而且還要反鎖上四道鎖。

女兒當時還小，對母親的這些行為並不理解，而且慢慢地厭惡了這種一年如一日的單調的鄉村生活方式。她嚮往都市色彩斑斕的生活，想去看看那個自己只能通過收音機加以想像的大城市，她想那裡一定是個迷人的世界。

有一天早上起來，女兒為了追求她的城市生活夢想離開了自己的母親，離開了她生活的小村莊。趁母親還熟睡著的時候，她偷偷地離家出走了，隻身來到了那個令她神往的大城市，而且一走就是七年。

女兒走的時候，給媽媽留了一張字條，上面這樣寫著：「媽媽，我走了，去過我想要的生活，您就當做沒有生過我這個女兒吧！」當時，媽媽哭了，媽媽捨不得女兒出去吃苦，可是已經來不及了。

等女兒到了那座她嚮往已久的大城市，她才發現原來這世界並不如她想像的那樣斑斕動人，在這裡她完全找不到自己生活的方向，走向墮落，深陷其中，無法自拔。她想到了自己的媽媽。「當初我這麼不負責任地離開媽媽，媽媽會原諒我嗎？」這時她才體悟到了自己真的做錯了。自己當初偷偷離開母親，沒有盡到作為女兒的責任，現在懊悔極了。

她想自己應該回家，好好孝敬自己的母親，不能再這樣任性了。七年了，她想通了，終於回到了久別的家中，回到自己的故鄉。

回到家，她激動地喊著：「媽媽，媽媽，我回來了！」

當她回到家的時候已是深夜，只見微弱的燈光從門縫裡透出到了院子裡。於是，她輕輕地敲了敲門，結果發現門根本沒有上鎖，而母親瘦弱的身軀竟然躺在冰冷的地板上。母親睡著了，她臉上歲月風霜的皺紋是那樣地讓人心疼。

於是，女兒終於忍不住了，哭喊著：「媽媽，媽媽。」

媽媽聽到是女兒的聲音，睜開了雙眼，一把把女兒摟在了懷中。

女兒在母親懷裡哭了許久，她好奇地問母親：「媽媽，都這麼晚了，為什麼沒有鎖門呢，來了小偷怎麼辦啊？」

母親微笑著回答：「不光是今天沒鎖，七年來我一直都留著門，從來都沒有鎖過，就是怕你晚上突然回來進不了家門。」

七年了，媽媽一直留著門，等待著女兒的歸來！

房間裡的擺設還是和她走的時候一模一樣，乾淨整潔。這時，女兒心裡一陣揪心的痛，她驚覺到自己這麼多年來沒有盡過一絲一毫作為子女的責任。女兒突然體認到自己早應該肩負起的使命：以後一定要加倍償還媽媽，一定要讓媽媽過上安定的生活，讓媽媽有一個幸福的晚年。

愛的話語

這個小女孩在很小的時候犯了錯，她沒有意識到自己作為女兒，對於父母所應該承擔的那份責任；在後來的生活中，她漸漸地意識到了，於是她回到了家中，奉養母親，報答母愛。

孩子，你現在可能對責任的認識也不是很清晰，不知道責任的重要性。但是你作為新一代的青少年，要從小養成這種意識，在生活中學會主動承擔責任。有了一定的意識，才會做出一定的行動。

孩子，責任是一個多麼神聖的詞語啊！它是你取得成功的鋪路石，是你美好人性的象徵，你只有學會如何去承擔責任，才會懂得如何去承擔生活中更加重要的東西。

孩子，責任需要我們從生活中一點一滴地去發現。發現責任，才能勇於承擔責任，才能成為一個有責任感的人！

3

母愛的雕像

德國有這樣一位母親，她向所有人證明了什麼是母愛。她和丈夫都是登山協會會員，他們有一個非常可愛的兒子。為了給兒子慶祝即將到來的一百天生辰紀念日，他們帶上兒子一起參加他們最喜愛的運動，那就是登山。

他們等到了一個陽光明媚的日子，氣溫還算比較高，準備好登山用的東西，就開始攀登了。夫婦倆今天由於帶著孩子，所以攀爬得非常小心，但速度還是很快，六個小時之後就已登臨五千米左右的高度。夫婦倆剛想要稍微休息一下，再繼續挑戰更高峰，可是突然之間，起了一陣狂風，天上飄起了雪花，氣溫乍降到零下二十多度，能見度也急劇下降，只能見到三米以內的東西。

夫婦倆明白，這時候繼續往上爬或者下山，都不明智，於是就近找了一個山洞，躲在裡面，等待救援，等待風雪停止。

幾個小時過去了，風雪不但沒有停歇的跡象，甚至越來越大風狂雪驟。妻子緊緊地抱著兒子，兒子的嘴唇已經凍得發紫了，哭聲微弱到幾乎聽不見。夫婦倆以前也經歷過風雪天，他們知道這種天氣應該不會有致命的危險。可是這次不一樣，因為他們帶著還在吃奶的兒子。零下溫度，對於嬰兒來說，問題本身並不嚴重。但是他需要吃奶，這麼大的孩子，需要三到四個小時餵一次奶，否則就會因為沒有足夠能量而被餓死或凍死。

此刻，孩子的狀況非常危險，因為已經超七個小時，沒有吃過一次奶。可是，在這麼冷的天氣裡，哪怕是露出一點點肌膚，體溫都會迅速下降，而且孩子吃奶的時間不短，這樣妻子就會有生命危險。到底該怎麼辦呢？妻子幾次想要給孩子餵奶都被丈夫攔住了，他不能讓妻子就這麼死去。可是如果再不餵奶，孩子眼看著就要死了！在妻子的懇求下，丈夫終於同意了讓她餵一次奶，而且毅然地用自己的身軀為妻子和孩子擋住寒冷的風雪。餵完奶後，妻子的體溫果然下降了三四度，體能明顯受損。

風雪繼續飄舞著，救援人員沒有辦法找到他們，如果風雪再不停的話，他們可能都會死在這裡。時間就這樣過去了，孩子需要吃奶，妻子的體溫也在不斷下降。三天後，救援人員終於發現了他們——丈夫已經昏迷，而妻子仍然保持著餵奶的姿勢，卻已然成為了一座雕塑。一種偉大的母愛就這樣凝固了，而他們的孩子，卻躺在父親的懷裡，安心地睡著了。所有的人都震驚了，都被偉大的母愛感動得說不出話來。

就是這個偉大的母親給了孩子又一次生命，但是這個代價是巨大的，她付出了自己的生命。後來丈夫把妻子最後給孩子餵奶的姿勢做成了一尊銅像，以紀念自己的妻子，他也希望這尊雕像能夠把妻子的愛永遠地傳遞下去，希望人們都能夠更愛自己的母親，她們真的是太偉大了。

愛的話語

母愛是一種多麼神聖的愛啊！孩子，你的母親對你的愛可能就像涓涓溪流一樣，融入你每天的生活，沒有像故事裡的這位母親的愛那樣感天動地，但是她的愛一樣偉岸，一樣值得你用心去感受，懂得珍惜。你應該對自己的母親心存感恩，是她將你帶到了這個美麗的世界，是她把不懂事的你教育成一個優秀的孩子。母親對你付出的太多，這些都是無私的奉獻，都是不求回報的。為了讓你能夠快樂健康地成長，她什麼都願意付出，甚至是她最寶貴的生命。

孩子，你不要再抱怨媽媽對你的嚴厲，她都是在為你考慮，她希望你將來能夠有出息，媽媽的嚴厲也是對你深深的愛，你一定要懂得這份愛的偉大。

4

尋找父親的牆壁

在一個小村莊裡，有一位叫「虎子」的人，他很小的時候就失去了父愛。早先，虎子的哥哥因為一病不起，永遠離別了家人。父親卻因為受傷痛刺激而精神失常，後來就走丟了，再也沒有找回來。虎子自此便與母親過著相依為命的生活。

在虎子十五歲的時候，母親也生病去世了，家裡就剩下了虎子一個人，孑然一身。

虎子是一個非常勤勞而又善良的人，經過多年的艱苦奮鬥，終於成家立業，過上了幸福的生活。可是虎子的心裡總是有一些東西割捨不下，那就是他多年失散的父親。他不知道父親如今到底是生是死，心裡總像壓著一塊大石頭，沉甸甸的。

成家後不久，虎子就在村子的公路邊上開了一家小飯館，生意做得紅紅火火，十分興旺。有一天，虎子的飯館裡來了一位看起來非常富有的商人。想不到，那人吃完飯以後，竟然主動提出了一個建議——想租下虎子飯館朝東的那面牆，用它來做廣告。因為這個飯館的位置極佳，地段繁華，人潮多。想想，只要在東面牆上打上廣告，南來北往的人們裡勢必會看到此一廣告，這樣做出來的宣傳效果一定會比透過電視和報紙打廣告的效果更好。

富商對虎子說：「我想租下你們飯館東面的這面牆做廣告，一年的租金是四萬，你看你能同意嗎？」

虎子聽了有些心動，認真地思考著富商說的話。「到底要不要租給他呢？」

經過了幾天時間的考慮之後，虎子做出的決定是——「不租。」這個決定讓全村的人都感到非常震驚，消息很快就在村子裡傳開了，人們都為虎子感到惋惜，說虎子是榆木疙瘩不開竅！一年四萬的租金，這麼好的條件，居然還不同意！這麼多錢，這可是一般家庭兩三年的收入呢！

可是，他們誰又明白虎子不租這面牆的真正原因呢？虎子心裡一直放不下自己的父親，他知道那個富商想租這面牆是因為這裡過往的人多，那麼他的廣告效果就會好。可是當虎子想到這一點的時候，他就決定不租這面牆了，因為他要利用這面牆尋找自己的父親，希望能夠早日知道他的下落。

過了十幾天，有兩個人提著一個油漆桶，拿著兩把大刷子來到了這面牆的前面，看來像是要在牆上刷廣告的樣子，人們都感到非常驚奇。

「怎麼虎子又同意租這面牆了呢？」人們開始七嘴八舌議論紛紛，說這說那。

第二天早上，人們再次經過那面牆的時候，驚奇地發現上面刷的不是廣告，而是一則尋人啟事；在尋人啟事的旁邊還有一張大照片，那是一個男人的照片。

這時人們才恍然大悟，想起了虎子的爹在很多年前走丟了，就再也沒有回來過。

「原來，虎子不租這面牆就是為了能夠尋找自己的爹啊！」

這裡經過的人多，人們看到這則啟事都會幫助尋找的。

村裡的人們都開始對虎子表示同情，希望幫助他找到自己的親爹，滿足他的一片孝心，這份孝心讓人感動，這就是一個兒子對父親多年來難以割捨的那份愛。

愛的話語

孩子，父母都是愛你的，從你來到世間的那一刻，一直到他們離開這個美好的世界，他們無時無刻不在付出對你的愛。面對父母這麼重的恩情，你應該怎麼辦呢？你也要學會把你的愛毫無保留地給予他們，讓他們感受到孩子的愛，這樣他們的內心就會無比欣慰。

故事裡虎子的父親，雖然已經走失了很多年，但是虎子對父親的那份思念，那份愛，卻沒有因為時間的流逝而慢慢褪去，而是越來越濃烈！孩子，你現在生活在爸爸媽媽的關愛中，要珍惜你們在一起的日子，不能只讓他們為你付出所有的愛，你更要給予他們更多的愛，這樣你們全家人才會暢游在愛的海洋之中，永遠幸福和快樂！

5 奇蹟需要多少錢

一個七歲的小女孩董倩倩，聽到了爸爸媽媽正在談論弟弟的病情。她從父母的談話中知道了弟弟的病非常嚴重，可是家裡根本沒有那麼多錢為他治療。所以，爸爸媽媽決定把現在住的房子賣掉，用來支付弟弟的醫療費，然後全家搬到租一個小一點的公寓去住。

董倩倩的弟弟只需要做一個昂貴的手術，他的命就能夠挽救回來，可是當前最關鍵的問題是他們根本籌不到那麼多錢，即便是賣房子換錢，也不能一下子就找到買主。

這時，董倩倩聽到爸爸媽媽無奈地歎息著說：「只有等待奇蹟的出現，只有奇蹟才能救我們的兒子……」

董倩倩默默地回到自己的房間，把漂亮的存錢筒拿了出來，打開，然後把裡面的錢全部一下子倒在了小床上。她認真地數了數銅板，只有九十九元。

董倩倩又小心翼翼地把錢裝回錢筒裡面，悄悄地從後門溜了出去。走過了幾趟街，來到了一家藥店門口，進了藥店。董倩倩從自己的存錢筒裡拿出了那全部的九十九元，放到了櫃檯上。

一名藥劑師問董倩倩：「孩子，你想要買什麼？」

董倩倩眨眨眼睛回答說：「我弟弟病得很厲害，我是來為他買藥的，我要買『奇蹟』。因為爸爸媽媽說家裡現在沒錢給弟弟治病，只有奇蹟才能夠救弟弟，所以我要買『奇蹟』。請問買一個『奇蹟』需要多少錢？」

藥劑師聽完後，好像有些摸不著頭腦，非常無奈地對董倩倩說：「孩子，你說的是什麼，我怎麼聽不懂啊，我們這裡沒有你說的『奇蹟』這種藥，真的很抱歉，你去別家問問吧！」

董倩倩聽了藥劑師的話心裡非常著急，對藥劑師說：「先生，我真的需要『奇蹟』來救我弟弟的命。是這些錢不夠嗎？那請您告訴我，『奇蹟』到底多少錢一個，我會想辦法弄到更多的錢的。」

董倩倩哀求的目光，讓藥劑師很難過。

這時，藥店的桌子旁邊坐著一位顧客，他彎下腰微笑著對董倩倩說：「孩子，你告訴我你弟弟需要什麼樣的『奇蹟』？」

董倩倩抬起頭，眼睛裡噙滿了淚水，對這位先生說：「先生，我不知道弟弟需要什麼樣的『奇蹟』，我只知道爸爸媽媽說弟弟得了很重的病，腦袋裡長了瘤子，需要做一個昂貴的手術，我們只有把房子賣了才能夠湊足弟弟的手術費，可是現在我們找不到買房子的人，爸爸媽媽說只有奇蹟才能救我弟弟，這是我所有的積蓄，我想為弟弟買個『奇蹟』。」

那位先生問：「小姑娘，那你有多少錢啊？」

董倩倩知道自己的錢太少了，聲音越來越低：「先生，我只有九十九元，可是只要能買到『奇蹟』，我會想辦法湊錢的。」

那位先生笑著說：「九十九元，真是太巧了，我正好有個九十九元的『奇蹟』！」

那位先生伸出手接過了董倩倩的錢，對董倩倩說：「孩子，你帶我到你的家裡去看看你的弟弟和你的爸爸媽媽，讓我們商量一下，看看他們需要我賣的這個『奇蹟』嗎？」

後來，他們才知道原來那位先生就是一位外科醫生，而且是神經外科的名醫。結果，這位名醫幫董倩倩的弟弟做了手術，手術是免費的。

動完手術後，醫生笑著對董倩倩的爸爸媽媽說：「我已經收到你們的手術費了，九十九元！」

很快，董倩倩可愛的小弟弟就恢復了健康，過上了快樂的生活。

對此，董倩倩的爸爸媽媽感動地說：「這可真是一個奇蹟，可是我想知道它真正的價格！」

董倩倩微笑著對爸爸媽媽說：「爸爸媽媽，我知道那個『奇蹟』值多少錢，醫生叔叔說，它的價格就是九十九元加上一份親人的關愛！」

愛的話語

九十九元就能夠做一個昂貴的手術，你是不是覺得有點不可思議？但是小女孩最後說了，那臺手術的實際價格是「九十九元加上一份親人的關愛」！你不難明白，是小女孩對弟弟的這種關愛和執著的信念感動了那位神經外科醫生。可見家人之間的關愛也能創造一個個的奇蹟，這些奇蹟擁有它應有的價值。

孩子，你是不是從中領悟了一些人間最可貴的東西，那就是「關愛」！關愛你的家人，關愛你的朋友，關愛你身邊的每一個人，同時你也會得到幸福和快樂。

6

兩個兄弟的分享

在十五世紀紐倫堡附近的一個小村莊裡，住著一戶人家，這戶人家有十八個小孩，因此這個家庭過得並不富裕。

但是，即便是這樣，有兩個小孩阿爾布萊希特・丟勒、阿爾伯特・丟勒同時做起了藝術家的夢想。然而，兄弟倆清楚知道父親並沒有錢供他們去紐倫堡的藝術學院學習。

為此，這兩個孩子商量著如何才能實現自己的夢想。最終，兩個孩子決定通過拋硬幣來決定自己的命運——那就是輸的那個人要去附近的煤礦場工作，用所得的收入供贏的那個人去紐倫堡學習。等四年結束之後，在紐倫堡學習的那個人會畢業，然後要用他的藝術作品賣出的收入供另一個兄弟上學。

就這樣，阿爾布萊希特‧丟勒和阿爾伯特‧丟勒達成了這個協議。結果，阿爾布萊希特‧丟勒贏了，他可以去紐約堡上學了，而阿爾伯特‧丟勒則得去煤礦場工作四年。

在這四年的時間裡，阿爾布萊希特‧丟勒學習成績優異，在臨近畢業的時候，作品已經賣了不少錢；阿爾伯特‧丟勒則拚命地在煤礦場工作著，使得阿爾布萊希特‧丟勒能夠順利地完成學業。

當阿爾布萊希特‧丟勒畢業後，全家人為他準備了一頓豐盛的晚宴。

在晚宴上，阿爾布萊希特‧丟勒站起身，說：「這四年來，我在肖像畫、水彩畫、炭筆素描、木版畫等方面上獲得了成功，也收入了一定的作品費用，現在我要感謝一個人，他就是我的好兄弟阿爾伯特・丟勒。現在，我要在接下來的四年裡去煤礦場工作，用賺取的所有費用支持阿爾伯特・丟勒上學。」

誰知，阿爾伯特・丟勒聽後，流淚滿面地說：「已經不可能了，謝謝你！要知道，在這四年的時間裡，我患上了嚴重的關節炎，每根手指都至少骨折一次，現在你可以看到我變成什麼樣子了，我已經沒有能力再去畫精美的線條和圖案了。所以，兄弟恭喜你，你將永遠是個藝術家，而我這輩子就是一個礦工了。」

聽到這裡，阿爾布萊希特・丟勒感動極了，他確實發現阿爾伯特・丟勒為了他變成了飽經風霜的樣子，阿爾伯特・丟勒已經不適合做藝術家了。

為了感謝阿爾伯特・丟勒的付出，阿爾布萊希特・丟勒決定畫一幅作品來紀念他，這幅作品便是以阿爾伯特・丟勒歷經磨難的手為素材，成了日後舉世聞名的傑作——《祈禱的手》。

愛的話語

《祈禱的手》這幅畫曾經感動了全世界的很多人，正是阿爾伯特・丟勒的犧牲，才成就了阿爾布萊希特・丟勒的輝煌。

孩子，你要得知，一個人成功的背後往往有很多人的付出和犧牲，這些付出是他們對你深深的愛，當成功的時候要去感謝他們。

這樣，懂得感恩，才能享受到分享的肯定與讚美，才能因為這次分享讓成功的果實變得更為有愛。

7

原來在乎的是這些

有兩個同父異母的兄弟，長大後各自離家獨立生活，很多年才見上一次面。後來，他們的父親年老去世了，兄弟倆彼此便不再互相聯繫。

有一天，哥哥突然給弟弟打來了電話，說下個月他就要結婚了，邀請弟弟去喝喜酒。弟弟答應了，但放下電話之後，卻陷入了沉思：如果應邀前去一定得花費不少禮金，不去的話對自己卻也沒有多少損失，況且最近一段日子手頭緊得很呢。弟弟想了很多，便決定不再把這件事放在心上。

眼看婚期越來越近，哥哥開始給弟弟打電話，但弟弟的電話總是處於無人接聽的狀態。哥哥猜想：「弟弟可能太忙吧。」過了幾天，再給弟弟打電話，弟弟還是沒有接聽，好像從人間蒸發了似的。哥哥擔心：「弟弟會不會是生活有什麼困難呢？」

到了哥哥結婚那天，弟弟最終還是沒有出現。哥哥想：「看來弟弟真的是要放棄和我之間的親情了。」

許多年後，弟弟也結婚了。婚禮後，他發現禮單上多了一位親人，那位親人正是他的哥哥。弟弟深感慚愧，為沒有邀請哥哥而內疚。

他越想心裡越難受，便在妻子的建議下，決定前往哥哥那裡賠禮道歉。

於是，弟弟開著車，蜿蜒走了許多道路，終於來到了哥哥的家。哥哥的妻子很熱情地招待了他，但哥哥卻一臉很生氣的樣子。

弟弟知道是自己的錯，很抱歉地說：「都怪我，這次沒有邀請你！」

哥哥說：「我怪的不是這次你沒有邀請我，而是上次！」

弟弟仔細地想了想，才知道哥哥仍為上次的那件事心存芥蒂，於是說：「我上次沒有來，是因為父親去世了，認為我們之間不再會有關係。我為我的上次沒有來向你賠罪！」說著弟弟便要屈膝企求哥哥的原諒。

誰知，哥哥卻說：「我怪的並不是上次你沒有來。」

「那你怪的是什麼呢？」

「我怪的是你沒有把我當做你的親人。如果你有什麼困難的話，怎麼不告訴哥哥？我當時就猜想你可能有困難，但一直打電話卻聯繫不上你。我又找不到你在什麼地方工作，所以乾著急。後來才知道你處理好了，我才放下心。否則，不會在這一次你結婚的時候，默默地前去看你。只是你都不把我當做你的親哥哥了，所以，婚禮一結束，我就馬上離開了。」

弟弟感歎地說：「原來在乎的是這麼一回事啊！」

「對，你有什麼難處要給我說，我有責任幫助你解決，有責任去關心你、關照你。你不來我不會在乎，你不把我當做親哥哥有苦不說我卻很在乎。」

弟弟聽了，感動得淚流滿面。

愛的話語

弟弟原先以為哥哥在乎的是沒有受邀出席婚禮，或者是為上次自己沒有前去而生氣。但實際上，哥哥在乎的不是這些，他在乎的是弟弟並沒有把他當做親哥哥，不然不會故意和他的關係疏遠。

孩子，兄弟之間的情分難以擱淺，不要認為沒有用處了就不把他們再當做一家人。要如實相告，彼此之間才會減少摩擦及不愉快，才能在某方處於困難時，「一方有難，八方支援」，渡過難關。

孩子，你會因為兄弟之間的愛，即便沒有了父母長輩的疼愛，也會很好地活著，而且有可能快樂、幸福。

8

不再孤獨的相川

今天是舊曆年十二月三十一日，天空中飄著鵝毛大雪，來自偏遠山區的相川此時正孤獨難耐。他今年掙不了錢，所以回不了老家。推開窗戶，看到窗外四處融融暖暖，每一處都歡聲笑語，心裡更不是滋味。

但是，他還是拿起了電話，給遠在他鄉的老母親報平安，說自己生活得是多麼好，而且現在正在一位大阪的朋友家裡吃年夜飯呢！其實，只有他心裡清楚，漂泊在外的日子多麼不好過。

相川的一個哥哥在橫濱工作，自從父親去世後，有責任感的他倆就決定著要好好地照顧著母親。聽哥哥說，他今年因為工作忙也回不了家。看來，母親要在家裡一個人孤獨地過年了。但是，兄弟倆不忘安慰母親，建議母親多多地在鄰里親友之間走動走動。母親也是一個通情達理的人，說他們可以年後抽空回來。

兩兄弟總算鬆了一口氣。相川猜想：「哥哥可能也是因為經濟狀況不好，而覺得沒有面子回家吧！」要知道，哥哥雖然比相川晚涉入社會，學歷卻很高，是村裡人人稱羨的大學生。而且，哥哥不但文化素養高，除了關照母親之外，對相川也非常細心地體貼、關心著。相川覺得，有哥哥真好。

他左思右想，百感交集，無奈地搖頭歎氣。

「唉，要過孤獨一人的除夕夜啦。」

傍晚六點鐘，相川聽到合租的屋子外有人按門鈴，就過去開門了。出乎他意料之外，原來是哥哥來大阪找他了。相川一時驚慌得不知所措，但還是熱情地把哥哥請進租賃的房間。

相川的哥哥給他帶來了很多橫濱的特產和一些其他好吃的東西。

相川不好意思地說：「哥哥，你來大阪怎麼不先告訴我一聲啊？」

哥哥一邊拍打著身上的雪花，一邊笑著說：「如果你知道了，還會讓我來嗎？我雖然說今年不回老家了，但是沒有說不來大阪看你啊！我一直擔心，怕你在大阪過得不好，我有責任、有義務時刻地照顧著你。」

相川很感動，給哥哥換了一身乾爽的衣褲，又問哥哥吃飯了沒有，哥哥說沒有。於是，相川立刻在自己的小屋裡做起了晚飯。哥哥在一邊幫忙，一邊津津有味地說著他帶來的那些東西是多麼好吃。

兄弟倆就這樣快樂地做著飯，當快到下午七點鐘的時候，他們把飯做好了，便坐在一起吃著，而且打開電視，看著歡慶的節目。

相川和哥哥有說有笑，這時候才覺得自己是多麼幸福。

第二天，哥哥一早就要離開大阪回橫濱了，但是他不忘了給相川一些零用錢。相川哪裡好意思接受？但是哥哥非得要塞給他，相川只好硬著頭皮接下了。

哥哥說，等春暖花開的時候他會回家看望媽媽，現在他工作也穩定了，會抽空來大阪看望他。相川聽著聽著，忽然覺得自己不再孤獨了，眼中流下了感激的淚水。

愛的話語

相川一個人在大阪過除夕，難免感到孤獨，這時候遠在異域他鄉的哥哥千里迢迢地來看望他，讓相川心中彷彿淌過一陣陣暖流，倍覺溫馨。看來，他在外打拚的日子還是幸福的，起碼有哥哥的關懷與疼愛。哥哥也會像他已過世的父親一樣，不讓自己的弟弟在外受罪。有這樣的一個哥哥多麼地榮幸啊！

孩子，有時，你也會因為親人關係的疏遠而倍感落寞，但親情是永遠割不斷的，血濃於水。他們總會給你意外的驚喜與感動。你要好好地珍惜這一份親情，在照顧自己的同時，不忘了也照顧他們，讓彼此感到溫暖。

9

外婆的存錢罐

打從譚希傑有記憶的那天起，他就知道外婆有一個存錢罐。不過，在當時煎熬的歲月，他猜想在外婆的存錢罐裡應該不會有太多錢。童年時，外婆每次想給他零用錢，都要從存錢罐裡掏大半天，最後才遞給他一枚一元的硬幣。於是，譚希傑不再對外婆的存錢罐抱有幻想。

一次，譚希傑在家中烤火時，不幸意外燒傷了左臂。醫生說，從此譚希傑的左臂可能不再能自由動彈了。聽到了這個震驚的消息，譚希傑傷心地哭了起來。

外婆不願坐看孫子從此左臂無法再活動，思量了一段日子後，便拿出她的存錢罐，對譚希傑說：「只要你聽外婆的話，每做一件事情外婆就會獎給你一枚硬幣。」

對於譚希傑來說，那一枚硬幣很有價值，因為可以買到很多自己想要的好東西，於是，便爽快地接受了外婆的條件。一開始，外婆要求譚希傑微笑；譚希傑每微笑一次，外婆就會從存錢罐裡掏出一枚硬幣遞給他。等譚希傑忘記了憂傷，外婆又讓他堅強地走路；看到譚希傑能夠無所顧忌地走路了，外婆便又遞給了他一枚硬幣。接著，外婆讓譚希傑能夠不自卑於身體殘缺，勇敢地面對同學，同時也好好地學習；譚希傑做到了，外婆又賞給譚希傑一些硬幣。最後，外婆對譚希傑的左臂下功夫了，說他只要能稍微地動一下，就會遞給他一枚硬幣。

在這種誘惑和激勵之下，譚希傑的左臂漸漸地能動彈了。外婆高興極了，又進一步鼓勵他要好好地運動著左臂。譚希傑每次有小小的進步，外婆都會按照許諾給他一枚硬幣。漸漸地，譚希傑的左臂竟然康復了。

當譚希傑康復之後，他很高興地對外婆說：「外婆，您現在是一個富人啊！」

外婆不明所以，於是譚希傑接著說：「您怎麼能從存錢罐裡掏出那麼多錢呢？」

外婆笑著說：「本來存錢罐裡的硬幣很少，為了鼓勵你戰勝左臂的不方便，我特意把家中所有的存款都取出來，換成了硬幣。如果你的左臂還不好的話，外婆還會把家中的那棵老榆樹賣掉，外婆相信你一定會好起來的！」

「那麼，外婆，您的存錢罐裡現在還有多少錢呢？」

外婆就拿過存錢罐，把存錢罐都掏空了，才不足十個硬幣。

譚希傑這時候才知道所有的硬幣都給了他了，就對外婆說：「外婆，你原來是個小富婆，但現在又變窮了啊！」

外婆聽了大笑說：「我現在仍舊富有啊，因為我孫子的康復比金錢更重要！」

譚希傑聽了，感動極了。

愛的話語

在外婆的意識中，金錢遠沒有孫子的健康值錢。這便是一種愛！

孩子，長輩是疼愛你的，會在必要的時候，拿出最珍貴的東西。

孩子，你要孝敬長輩，不讓長輩對你的愛付諸於東流水。

10 第一百位客人

小吃店中午的客流高峰已經過去，原本高朋滿座的小吃店，現在已經客去店空了。老闆才剛鬆了口氣，正想要歇息歇息看看報紙時，這時屋裡又來了客人。這兩位客人有點兒特殊，分別是一個稚嫩的孩童和一位步履蹣跚的老奶奶，他們手牽著手，緊緊地相扶持著。

進來之後，老奶奶和小孩子就找了張桌子在椅子上坐下來。她們還沒有點飯菜，就先拿出口袋裡的錢，數了數。

看著手裡的錢，奶奶說：「今天我請客。老闆，牛肉湯飯要多少錢一碗啊？」說著就叫了一碗牛肉湯飯。

過了一會兒，一碗熱氣騰騰的湯飯上來了，奶奶將碗推向小孫子面前。

小男孩沒有馬上端起來吃，而是停頓了一下，嚥了嚥口水，抬頭問奶奶：「奶奶，不用給您留一點嗎，您真的是吃過飯了嗎？」

奶奶此時微笑著看看孫子，回答說：「傻孩子，奶奶當然吃過了！」

而老闆卻發現奶奶含著一塊胡蘿蔔慢慢地咀嚼著，彷彿自己吃的就是湯飯，津津有味。一眨眼的工夫，再看看那小男孩的飯已經吃得精光，連湯都喝完了。

老闆突然間明白了什麼，然後走到一老一小的面前，笑著對她們說：「老奶奶，小朋友，你們好，恭喜你們成為我們店的第一百位客人，所以今天免費。」

過了一個多月以後的一天，小男孩蹲在了小店的附近，在地上畫著什麼，被老闆無意間看到了。後來老闆知道了，原來他在數著店裡的客人，每來一位客人，他就在地上畫一下。可是，中午都已經過去了，他還沒有畫夠四十個。老闆著急了，於是給自己的老顧客打電話，說今天免費讓他們來吃麵。就這樣，老闆給很多人打了電話，結果客人一個一個地陸續來了。於是，小男孩很快畫了許多個「一」，眼看馬上就要畫滿一百個了。當畫到第九十九個「一」的時候，那一剎那，小男孩急忙拉著自己的奶奶走進了那家小吃店。

他們一坐下，小男孩滿臉得意地說：「奶奶今天輪到我請客了。」這次奶奶成為了第一百位客人，讓孫子有機會請奶奶吃一碗熱乎乎的湯飯。小男孩很滿足，而小男孩自己卻像之前的奶奶那樣，含了一塊胡蘿蔔在口中慢慢咀嚼著，彷彿那才是真正的美味佳餚。

老闆娘看到了這種情形，被祖孫倆之間深深的愛感動了，對老闆說：「也給小男孩一碗吧，孩子正在長身體，不吃飯怎麼行啊！」

此時的老闆彷彿領略出了什麼，笑著說：「小男孩正在學習一種道理，那就是不吃東西也會飽。」

湯麵端上來了，奶奶正吃得津津有味，彷彿那不只是一碗普通的飯，而是滿滿的愛。

奶奶說：「孫子，要不要給你留一點啊？」

小男孩拍拍自己的小肚子，高興地說：「奶奶，不用給我留了，我已經吃飽了，不信您看看。」

小男孩彷彿咀嚼出了人間最珍貴的感情，彷彿明白了許多東西。

愛的話語

故事中包含了兩種偉大的愛：親人之愛和人與人之間的愛，以及孫子對奶奶的感恩。

孩子，你有沒有從這個故事中感受到祖孫兩人之間那種深刻而真實的愛呢？只是一碗湯飯，卻體現出了濃濃的情意，奶奶和孫子用同樣的方式詮釋著自己對對方的愛。這種愛不需要任何語言，卻能夠給你的親人帶來知足和安慰，讓他們從內心真正地體會到親情的無價。這種愛是最美的。

人與人之間的愛是人們之間相處最純真、最善良的本性，你們生活在這樣一個社會大家庭中，不能夠缺少這種愛，不能丟失了人的本性。

雖然只是一碗普通的飯，但是裡面卻滿載著人間的真愛。孩子，你也應該向故事中的小朋友和店裡的老闆學習，學習他們如何愛人，如何種下善根，如何用自己的心靈和行為來詮釋這世間的大愛，去感悟人世間最珍貴的美好！

11

給爺爺帶點陽光

在中國江南的一個小鎮，住著一位非常活潑的小姑娘，她的名字叫郭瑩瑩。她的媽媽在她很小的時候就去了另一個世界，現在家裡只剩下爺爺、爸爸和她三人。爺爺的年紀已經很大了，身體癱瘓了，只能躺在床上靜養，所以爸爸就把爺爺安排在一間屋子裡最安靜的房間，以便於讓爺爺好好地休息。

郭瑩瑩家的房子應該算是很大了，每天早上，陽光都會從南面牆上的窗戶上透進來，在陽光的照射下，整個房間都散發出金黃色的光彩，非常漂亮，照在身上也非常溫暖。

有一天，郭瑩瑩突然間想到了一個問題：爺爺的房間雖然安靜，可是陽光卻照不到房間裡，爺爺每天都享受不到溫暖的陽光，該怎麼辦呢？

有一天，郭瑩瑩趁著爸爸空閒下來時，對他說：「爸爸，陽光照不到爺爺的房間，爺爺不是很難過嗎？」

爸爸笑著對她說：「我的乖女兒，爺爺需要的是安靜，所以就去了北面的房間，可是，太陽只能照到南邊的房間，所以就照不到爺爺的房間了！」

郭瑩瑩又說：「爸爸，我看咱們還是把房子轉過來吧，這樣陽光就能照進爺爺的房間了。」

爸爸被孩子奇怪的想法弄得不知道該說什麼了：「咱們家的房子這麼大，轉不了的，這又不是你的積木房子。」爸爸笑了。

郭瑩瑩很傷心，對爸爸說：「那我要給爺爺帶點陽光進去！」

爸爸笑著說：「好的，瑩瑩，你可以想辦法給爺爺帶點陽光進去！不過這是很難的。」

在以後的日子裡，郭瑩瑩總是托著小下巴在那裡思索，想著怎麼給爺爺帶點陽光進去。

當她在自家花園裡玩的時候，看到小草在陽光下快樂地跳舞，花兒也和小草一樣盡情地享受著溫暖的陽光。小鳥也在樹枝上快快樂樂地蹦來蹦去，沐浴在美麗的陽光中。這個時候，郭瑩瑩感到非常傷心，爺爺肯定也像它們一樣喜歡溫暖的陽光，可是她到底怎麼做才能給爺爺帶點陽光呢？這個問題一直困擾著郭瑩瑩。

有一天早上，郭瑩瑩起床後，來到了花園裡，她站在太陽底下，沐浴著溫暖的陽光。當她看到陽光照在她漂亮的衣服上時，突然像領悟到什麼一樣，顯得非常興奮。

郭瑩瑩得又蹦又跳地高聲說：「我知道該怎麼做了，我能給爺爺帶點陽光進屋了。我要用我的花衣裳把它們包起來送給爺爺，爺爺一定會非常喜歡的！」

於是，她真的用衣服包著陽光跑進了爺爺的房間。

她一邊跑一邊喊：「爺爺，爺爺，看我給你帶來什麼了，你一定會十分喜歡的，我給你帶了點陽光進來！」

她趕快打開了自己的花衣裳，準備讓爺爺看看裡面包著的暖暖的陽光。可是，陽光怎麼不見了呢，它們跑到哪兒去了呢？

爺爺看了，笑著說：「瑩瑩，爺爺知道陽光在哪裡，它們藏到你燦爛的笑容裡了。只要你天天開心，陪在爺爺身邊，爺爺就能感受到溫暖的陽光了。」

郭瑩瑩聽不懂爺爺話的意思，但是她聽到爺爺說，只要露出燦爛的笑容就能夠讓爺爺感受到陽光，所以以後她就經常陪著爺爺笑，讓爺爺感受到陽光，高高興興地度過每一天。

愛的話語

溫暖的陽光能夠照亮每個人的心靈，沐浴在陽光下是一種幸福。孩子，你幼小的心靈是那麼地純潔，那麼地清徹，就像一縷縷溫暖的陽光照在每個人的身上，讓他們感受到你們的溫暖，感受到你的關愛。你擁有這種神奇的陽光，要發揮它們最大的威力，用你的陽光照射每個人的心靈，把陽光般的愛灑遍世界的每個角落。這樣，你走到哪裡，哪裡就會因為你的存在而處處充滿陽光，處處溫馨常在。

孩子，你要把內心的陽光，你的愛，給予更多需要它們的人。這樣，你也會因為給予別人溫暖而感到幸福，你會擁有更多的愛，從此你會更加地熱愛生活，懂得享受生活的綺麗！

Chapter 2

愛老師、同學

老師像園丁，孩子像花朵，花朵的不再枯萎，滿滿都是園丁播撒的愛。

12

老師的鼓勵

沈希威是一位非常有名的醫生。他這一生最感謝的人就是自己在小學二年級的時候碰到的一位老師，是這位老師成就了他的一生。

沈希威小的時候生了一場大病，所以他的反應能力比一般的同學稍微差一些，但這也不會影響他的學習。然而，沈希威總認為自己比別的同學差，雖然他非常努力地學習，可是每次考試都是倒數第一。一次次的努力，一次次的失敗，讓沈希威更加堅定了自己比別人差的想法。他開始變得上課不認真聽講，不愛做作業，甚至性格都開始孤僻起來。

他的這些變化被細心的老師留意到了。老師知道沈希威是個好孩子，所以很想幫助他，給他多一些鼓勵，讓他明白自己並不比別人差。

有一天，老師拿著沈希威的一張試卷走到了他的面前。沈希威一看那張試卷，立刻羞愧地低下了頭。因為上面全是老師批改的小紅叉，沒有一個紅對勾。

老師說：「沈希威，我知道這些題目你都會做，可是你為什麼要把他們都做錯呢？只有知道正確答案的人，才能把每道題的答案都寫錯。那你就給老師再寫一遍正確的答案吧！老師相信你能做得更好！」

沈希威看到老師認真的樣子，於是就堅定了信心，開始在試卷上一道一道地認真做起來。老師就這樣一直在旁邊陪著他，沈希威非常感動。沈希威很快就做完了題目，然後再次將考卷交給老師。老師很仔細地批改著試卷，過了一會兒，老師把試卷給沈希威看，上面全是紅對勾，所有的題目都做對了。

老師笑著說：「我就知道沈希威是最棒的！」

沈希威聽了這些話，心裡非常感動。他對自己說：「我一點兒也不比別人笨，我一定要努力學習，不辜負老師對我的厚望。」

沈希威又開始了每天努力學習的生活，這樣的生活讓他感覺非常充實。

後來，沈希威在不斷的努力中，成績一直在不斷提高，一直到他大學畢業，他的學習成績都非常優秀。

沈希威從小就有一個當醫生的夢想，當他在報考醫科大學的時候，他猶豫了。因為醫科大學非常難考，他對自己的能力產生了懷疑，可是當他想起那位老師說「你是最棒的」那句話的時候，他就堅決地報考了理想中的醫科大學。

後來他經過自己的努力，終於成功了。畢業之後成為了一名非常出色的醫生，是老師對沈希威的愛成就了他的夢想。

愛的話語

老師對沈希威的信任和鼓勵，給他樹立了一份堅定的信念，正是在「我是最棒的」這種信念的支撐下，沈希威漸漸樹立起了自信，終於考上理想中的大學。這不僅僅是一種信任、一種鼓勵，更是一種博愛。

每一位老師都希望自己的學生成為出色的人才，他們永遠是愛自己的學生的！孩子，當你們遇到困難的時候，老師一定會盡最大的努力幫助你，給予你鼓勵，用他們的愛來教會你如何克服困難，過上快樂的生活！所以，你也要學會盡最大的努力，在別人遇到困難時，幫助他們渡過難關。當你真正地學會幫助一個人的時候，也就學會了愛一個人。

孩子，學會幫助別人和鼓勵別人，是一件非常快樂的事情。懂得幫助和鼓勵別人就是在愛別人，當別人得到你的愛時，他們會感到溫暖。在此同時，他們也會對你付出他們的愛，你的生活就會處處充滿愛的陽光！

13

我會永遠愛你

有一個小男孩，叫唐中山，他生下來就是斜眼，而且右耳朵也聽不見聲音。小的時候不懂事，所以沒有什麼感覺。可是唐中山慢慢長大了，他能感覺出來自己與別人的不同。所以他經常會自己生悶氣，甚至是恨他的爸爸媽媽，為什麼會把他生得這麼難看。

唐中山在學校裡也經常遭到同學們的嘲笑，同學們不知道他耳朵有問題，卻總是拿他的眼睛當做笑柄。

一些男同學經常會問他：「唐中山，你的眼睛為什麼是斜著看人呢？真是與眾不同啊！」

唐中山聽到同學們這樣問他，心裡非常難過。可是他不想讓別人知道自己天生就是這個樣子，他經常會向他們撒謊說：「這是我小時候生病留下的後遺症。」

小唐中山越來越傷心了，因為他覺得所有人都在嘲笑他，除了爸爸媽媽，沒有人會喜歡他，更沒有人會愛他。他每天都活得很痛苦，很壓抑。

在小學四年級的時候，他們班裡新來了一位老師，她長得胖胖的，看起來非常和藹。

這位老師特別愛笑，而且一笑就會露出淺淺的酒窩，班裡的同學都非常喜歡她。不過，唐中山比任何人都更愛她，因為她讓唐中山不再自卑，讓他重新得到了生活中的快樂。

在唐中山的學校裡，每年都會有一次聽力測試。今年也不例外，孩子們都在教室門口排好隊等待著測試。每次測試的的程序都是一樣的：同學們捂住自己的左耳朵，只能用右耳朵聽聲音，老師站在離自己兩米的地方小聲地說一句話或是一個詞語，然後同學們自己再把老師說的重複一遍。如果說對了，就算過關了。唐中山想：「如果我捂住耳朵做測試，那麼我耳朵的毛病也會成為同學們的笑柄。」他不想讓同學們更多機會嘲笑自己。

所以，唐中山努力想出了辦法來對付這種測試。他留意到，當同學們測試的時候，並沒有人會在意被測試的同學是不是真的捂住了耳朵，而只是留意他們重複老師的話是不是準確。所以，唐中山每次都不會真正地捂住自己的耳朵，而只是做做樣子罷了。

同學們都高高興興地接受聽力測試。在他們測試的時候，唐中山就想：「老師會說什麼呢？以前老師說過『天空是藍的』、『我們是祖國的花朵』、『好好學習，天天向上』……這次是什麼呢？」

終於輪到唐中山測試了，他像其他同學一樣，用右耳朵對著老師，假裝捂住自己的左耳朵，這樣他就能聽見老師說什麼了。

唐中山做好了準備，仔細地聽老師會對他說什麼。他聽到老師說了六個字，這六個字讓唐中山感動極了，讓他感受到了別人的愛。這幾個字對於他來說就像是黑暗中的一束光芒，照亮了唐中山的心——

這位老師說：「我會永遠愛你！」

唐中山會一直記得老師說過的這句話，這句話陪伴著唐中山走完了自己的一生。

愛的話語

人沒有十全十美的，人活在世上最主要的就是要開心快樂，要有樂觀的心態，這樣，人們才會感受到生活的美好，才會懂得人與人之間真正的愛，也才會擁有更多的愛。

孩子，你的身體也可能存在著某些缺陷，但就算是這樣，你也不應該自卑，反而要懷著積極的生活態度，學會給自己快樂，學會愛自己！如果你身邊的人身體有缺陷，那麼你也要學會用你的愛心，去幫助他們，努力跟他們成為朋友，讓他們感受到你的關愛。這樣，你會從中得到快樂，也會得到他們更多的愛！世界會因為人們更多的愛而變得溫馨美好！

孩子，無論在什麼情況下，只要你樂觀開朗，你會得到別人的喜愛！

14

最後的一次考試

終於迎來了期末考試的最後一天，校園裡到處陽光明媚，一片暖洋洋。

高年級的學生們即將畢業，他們在一起談論著難忘的往事，也在共同討論著即將開始的期末考試。

這是孩子們的最後一次考試了，在他們年輕的臉上寫滿了自信，因為他們為了這次考試做了太多的準備，他們相信自己一定可以在這次考試中取得一個好成績。

有了之前的努力準備，同學們看起來很放鬆，都不太緊張。他們又開始談論著自己的暑期計畫，一起談論自己以後的精彩人生。

就在同學們討論得熱火朝天的時候，老師拿著試卷進來了。

老師對同學們說：「同學們，這是你們的最後一次考試了，你們可以帶著自己的筆記本或者是課本，但是不能相互交談，不能討論。你們一定要認真對待這場考試，大家在教室裡一定要保持安靜，希望你們都能夠順利地通過考試！」

老師說完以後，教室立刻變得鴉雀無聲，同學們都聽話地坐在自己的位置上。老師把試卷發到了每一位同學的手中，同學們看到試卷時，心裡更加放鬆了，臉上露出了自信的笑容，因為同學們看到了試卷上只有五道題，而且都是評論類型的試題。

於是，同學們都開始拿起筆做起了試卷。誰知，他們臉上洋溢的燦爛笑容卻漸漸地消失，開始皺起了眉頭。時間一分一秒地過去，快到最後交卷的時間了，可是沒有一個人要提前交卷。老師開始收試卷了，同學們看起來都流露出了緊張的神情，一個個緊閉著嘴，皺著眉頭，臉繃得緊緊的，一動也不敢動，生怕老師看見自己的試卷。

此時教室更加安靜了，老師看著自己面前這些神情焦急的同學，像是明白了什麼。

老師臉帶微笑溫和地問：「同學們，你們誰完成了五道題目？」教室裡沒有任何人舉手。

老師接著說：「那好，完成四道題目的有多少？」依然沒有人舉手。

老師又繼續問：「那完成三道題目的呢？」

同學們左右互相瞧瞧，忽然感到有些不安起來，因為教室裡還是沒有人舉手。

老師又一次問：「兩道題有沒有人做完了呢，請舉手？」

老師最後說：「一道題目，有完成的嗎？」結果和前幾次一樣。

整個教室死一般的寂靜，沒有一點聲音，幾乎連同學們輕輕的呼吸聲都能聽得見呢。

同學們都低下了頭，等待著老師的批評。

但是老師卻非常高興地笑了，就像卸下了一個大包袱，環視了一下全班同學說：「同學們，這是你們交的最讓老師滿意的一次答卷！」

同學們好像被這句話嚇到了，都抬起了頭，有些不解地看著老師。

老師笑著對大家說：「同學們，你們的試卷對於你們來說實在是太難了，這些題目你們根本都沒有學到過，所以做不出來，一點也不奇怪。如果大家真的做出來了，這反而會讓老師覺得吃驚。」

老師頓了頓，接著說：「同學們，你們的表現讓老師感到非常欣慰，因為你們每一個人都順利地完成了這次考試，並且取得了優異的成績。老師給你們安排的是一次品德考試，這份試卷最令人滿意的答案就是誠實，我很滿意你們的答卷。同學們，老師希望你們能夠永遠保持著這種高尚的品德，因為你們擁有了誠實，你們以後生活的道路上就會充滿幸福，充滿快樂。」

愛的話語

孩子，如果讓你參加這次品德考試，相信你也一定會取得優異的成績，做出一份滿意的答卷。

品德對於一個學生來說其重要程度是不言而喻的。孩子，無論是老師還是父母，對你的品德教育都非常地重視，因為品德對於你來說很重要，尤其是誠信對於你來說更是重中之重。因為你以後要進入社會，社會中人與人之間關係的建立和維護，靠的就是誠信。誠信是一個人的美好品德，你對別人誠信，別人才會信任你。

當然，誠信也是一種大愛，有了這種大愛，人們就會遠離欺詐、虛偽和謊言。孩子，你有什麼理由不擁有誠信這種美德呢？

15

挫折和困難不過如此

從來就沒有見到過山裡有這麼大的風雪，教室窗外的寒風發出「呼呼」的吼聲，吹得人感覺到刺骨的冷。在這冰雪交加的日子裡，同學們感覺不到一絲溫暖，彷彿每一個角落都被寒冷占據了，一切似乎都要被凍僵。

由於山區條件所限，教室裡沒有安裝暖氣，顯得十分寒冷。同學們都無法完全集中精力上課，大家的身體都有些顫抖，雙手相互搓揉著，設法讓自己感到些許溫暖。大家的心中都害怕極了，他們在想，這種風雪交加的日子不知道還要持續到什麼時候，真希望它能夠快點過去。

就在同學們想得出神的時候，班主任走進了教室，他的頭髮上沾滿了小雪花，臉上也被凍得發紫。主任今天不像他平常那樣溫柔，而是用很嚴肅的口吻說話。

主任對同學們說：「你們冷嗎？」

同學們還是像以前一樣對老師撒嬌似地說：「班主任，我們快要被凍死了，這種大風雪天什麼時候才會結束啊？真是受夠了！」

同學們一心以為班主任會像往常一樣安慰他們，但是當他們抬起頭來看著班主任時，卻發現班主任的臉上寫滿了嚴肅，表情有些凝重，還有一絲冷酷，就像教室外面的風雪一樣。

此刻，同學們聽到的卻是：「我們這節課不上了，全體同學起立，都到操場上去集合。」

天啊，是聽錯了嗎？老師今天是怎麼了？

同學們雖然有些不解，但還是大膽地向老師提出了疑問：「班主任，今天外面這麼冷，風雪這麼大，我們怎麼受得了啊，咱們還是上課吧！」所有的同學都隨聲附和。

班主任聽到了同學們的抱怨，掃了全班同學一眼，更加堅定了自己的想法，並用命令似的口吻說：「如果你們今天誰不去操場，那以後就永遠不要上我的課！」

同學們知道，班主任今天的命令不容違犯，於是心不甘情不願地從自己的座位上站了起來，慢慢騰騰地到了操場上集合。

操場在整個學校的東南角，操場的南邊是一畦畦菜園，再往南是一窪池塘。今天，操場、菜園還有池塘都被肆虐的風雪連成了白茫茫的一片。

在那一瞬間，同學們感受到就是穿再厚的衣服也抵擋不住刺骨的風雪了，而且每個人臉上都像是有無數把鋒利的小刀在迅速劃過一般，又冷又痛。很快，大家厚厚的衣服都被凍得像冰塊，雙腳就像是泡在刺骨的冰水中，一絲暖意也感覺不到。

同學們不禁心生不滿，眼神略帶埋怨似看著班主任。這時，卻見班主任迅速地脫下了自己的羽絨服，接著又把毛衣也脫了下來，上身只剩下一件白色襯衫。就這樣，班主任陪著同學們在操場上站著。

同學們的抱怨一下子銷聲匿跡了，隨著漫天風雪跑了，都乖乖地立在風雪中。就這樣過了漫長的十分鐘，班主任略顯平靜地對同學們說：「解散吧！」

回到教室以後，班主任對同學們說：「你們在教室的時候，心裡覺得自己肯定擋不住這場風雪。可事實上呢，十分鐘你們過來了！我想，就是要你們站一整節課，你們一定也可以做到的。就算是只讓你們穿一件單薄的襯衫，你們照樣能做得到。所以，同學們，在你們以後的人生中，還會遇到很多的挫折，只要你們不怕，不逃避，那麼你們每個人都能夠戰勝困難。同學們，通過剛才的事情，你們應該明白，挫折和困難也不過如此！」

那個風雪交加的日子讓每一位同學永遠都銘記於心。同學們站在寒冷刺骨的操場上，就好像站在人生路途的逆境中，突然明白了遇到困難不用逃避，只要勇敢地站在那裡，以堅強的意志正視它，就有可能戰勝它，就會不斷地成長！

愛的話語

孩子，你從這則小故事中感受到了什麼？你會不會覺得班主任太殘忍了，這麼冷的天氣還讓同學們去冰天雪地裡站著？孩子，你如果真的這麼想那你就錯了。班主任都是愛自己的學生的，班主任這不是殘忍，而是一種強烈的責任心。班主任的職責不僅僅是教會你如何讀書，更重要的是要教會你如何做人，教會你一種人生態度，教會你如何去面對以後生活中遇到的困難與挫折，這種責任義不容辭。

孩子，你從老師的話中一定懂得了自己以後應該如何面對困難和挫折，應該如何正確評價老師對你的愛！

16 欺負弱小不是強者

巫新安在學校有一幫哥兒們意氣，他不是老大也不是小弟，但總覺得自己沒有威風，為了擺闊，他經常欺負那些弱小者，藉此耀武揚威。

學校裡的人都不喜歡他，認為他不學無術，是個痞子。然而，巫新安卻自以為是，要是逮著誰在背地裡說他的壞話，那個人可就遭殃了。

學校裡的人很多都害怕巫新安，很少有人和他親近，即使有親近的，也是他那一幫哥們。巫新安經常自詡，一直過著無憂無慮、作威作福的日子。

後來，由於得罪了社會上的一些黑幫角頭，巫新安和他的那群哥們受到了「教訓」，重傷送醫。醫生告訴巫新安，他可能一輩子要癱瘓了。巫新安一聽，當場暈厥了過去。

等巫新安醒來的時候，他的右腿已經被截肢，巫新當場安傻了，半天沒說話。醫生說，他們本來要經過他同意才動手術的，不過醫生們知道他是不願意的，只好先斬後奏。況且，由於腿上傷口嚴重感染，如果不截肢，很快就會殃及性命，所以……巫新安明白了，不等醫生說完，他的眼淚已「啪嗒啪嗒」滴落下來。

接下來的日子，巫新安度日如年，閉上眼，想起當初的日子，無憂無慮，走到哪誰都怕他，現在這個樣子，以後還怎麼出去見人……

好在有護士的竭力勸說和鼓勵，巫新安漸漸恢復了對生活的信心。他開始讀起書來，雖然覺得枯燥無聊，也勉強繼續讀下去，打發時光。

日子一日一日地過去，當巫新安出院的時候，他已經是個殘疾人了。巫新安怕同學看到他，一想起曾經的風光就……

巫新安終於明白，以後不能再欺負人了，他想當英雄，但騎在別人的頭上的不是真正的英雄。從此，巫新安刻苦學習，後來成為了一位有學問、有內涵的哲學家。

愛的話語

你在學校裡，不能自以為比別人強大，就欺負那些弱小的同學，這算不得是一個男子漢！

孩子，你有必要關愛那些比你弱小的同學，才會讓他們心服口服。

還有，孩子，如果你想要當英雄，應該通過幫助其他的同學讓他們刮目相看，還有要努力學習，這樣，你的英雄夢才不會徒有其表。

17

兩個競爭者的想法

有一位在美術界很有名氣的大師，由於自己的年歲很大了，所以想收一位年輕人做關門弟子。很多人得知這個消息後，都趕過來參加美術大師的考試，所有人都想得到大師的真傳，成為有名氣的畫家。

趕過來考試的人實在是太多了，經過了幾輪的選拔之後，最後剩下了兩個年輕人。他們兩個，一個是剛剛從美術學院畢業的學生，擁有非常強的繪畫實力，而且他的作品還拿過好多獎項。另一個是繪畫愛好者，沒有經過訓練，但是很有繪畫潛力，且擁有很高的悟性。

美術大師說：「我覺得你們倆的畫都非常好，各有特色，使我很難做出決定。現在就讓我拿出最後一道試題吧！你們要在規定的時間內完成。」

美術大師讓他們倆以對方為對象畫一張素描。他們很快就支好了畫架，開始觀察著對方，並著手畫了起來。

剛從美術學院畢業的那個人心想：「現在我面前的這個人是我最大的競爭者，也是我唯一的對手，如果把他的美全部表現出來，那對自己將會非常不利，還不如把他畫得醜一點，這樣對於自己來說豈不是更有利嗎？」

他心中為此決定暗暗竊喜，於是開始著力渲染對方的缺點，儘量把他的醜表現出來，好增加自己的勝算。

那個未曾接受過專業訓練的人也在思考著應該怎麼畫，可是他與前者想的完全不一樣。他想：「既然是畫人，那麼我就一定要表現出這個人的美，外在的美和內在的美都要儘量地表現出來，這樣才會讓他擁有更多的美感。」

他一邊想一邊仔細觀察著對方，一筆一筆，非常認真地畫著，竭盡自己的所能表現出素描對象的美，突出其優點。」

兩個年輕人都在規定的時間裡為對方畫好了素描，這兩幅作品都非常優秀。他們把畫好的素描交給了美術大師，等待著最後的評審結果。

美術大師用心評鑑完他們的畫，又看了看兩個年輕人，他沉思了一會兒，對剛剛從美術學院畢業的年輕人說：「你回去吧，我不能夠成為你的老師。」

那個年輕人一臉的失望，難過地問美術大師說：「您能告訴我為什麼嗎？我是經過專業訓練的啊！」

大師語重心長地對那個年輕人說：「年輕人，藝術創作就是要不斷地表現美，最大程度地渲染美。不管你要表現的對象是你的敵人，還是你的朋友，都要勇於表現他們的美，而不是表現出他們的缺點。其實，作畫就像人生一樣，能夠把敵人的美表現出來，這樣才會更加反襯出你的美，這才是一個成功的畫家所具備的素質。只有擁有這種胸懷的人，才能成為我的弟子。我之所以讓你的對手留下來，是因為他盡其所能表現了你的優點，畫出了你的美，他才真正具備了一個美術家的胸懷！」

那個年輕人聽完這些話，頓時對自己的行為感到非常後悔，也很慚愧，默默地低下了頭。

愛的話語

讀完這個故事，你不難發現，美術大師和他收下的那個弟子都是有智慧的人。那個被大師收下的年輕人，以自己博大的胸懷在畫紙上盡情展現了對手的優點，這是一種博愛，更是一種做人的智慧，所以他最後贏得了大師的青睞。

繪畫如同人生，一個人只有擁有了博大的胸懷，才會用自己的心靈發現世界的美，感受到人與人之間的愛。孩子，你的愛是廣博的，是可以奉獻給每一個人的——你的家人、你的朋友、一個陌生人，甚至是自己的對手。如果你擁有把愛奉獻給對手的胸懷，那麼你就是生活的勝利者，就會擁有最美麗的光環。

孩子，學會愛你的對手，也是在學會愛你自己。如果你能夠真心地對待你的對手，給予他們愛，那麼你就會得到更多的快樂，更多的幸福。

孩子，人生要面臨很多競爭，就看你們怎麼去面對。如果你能夠給予對手讚美，給予對手愛，那麼你的內心就會有更多的快樂，不會再有太多的仇恨，你就會把愛給予每一個需要它的人，你一定會變成播撒愛的天使。

18

語文書的波折

一位大學生剛畢業就被分配到了一所小學教書。他非常喜歡自己的職業，因為他喜歡孩子。

可是上任的第二天，他就遇到了一個棘手的問題。

班裡有個叫李誠冉的小男孩向他報告說：「老師，我的語文課本丟了，我下課的時候還看見它的。」

老師說：「李誠冉，你先回去吧，我會幫你找到的。」

他當時就想：「肯定是自己沒有買書的同學，才會去拿別人的語文課本，要不然這種書是不會有人去拿的。」他突然想到了鄭曉燕，全班只有她沒有買書，說是要跟哥哥共用一本書。所以他馬上判斷應該是她。後來，他就開始偷偷地留意鄭曉燕。

有一次下課後，班裡大部分同學都到外面去玩了，只剩下幾個人，他也在班裡和同學們聊天。這時，他看見鄭曉燕從自己的書桌裡拿出來了一本語文書，看了一會兒就趕快放進去了，而且還抬頭掃視了一遍教室。這下他確定書就是鄭曉燕拿的了。

他開始想辦法：怎麼樣做才能從鄭曉燕那裡要回這本書，又不傷害鄭曉燕的自尊呢？因為他從別的老師那裡瞭解到鄭曉燕的個性非常倔強，所以絕對不能當著同學們的面讓她下不來臺，那樣的話，後果會非常嚴重。後來，他經過再三權衡，還是決定跟先鄭曉燕談談心。

在一個課間，他叫鄭曉燕到他辦公室來。

他說：「鄭曉燕，老師看你在語文課上表現非常好，可是跟哥哥看一本書總是不方便的，現在還可以訂語文書，你還是訂一本吧！」

這個孩子非常聰明，好像知道老師找她談話的目的。等到下一個課間的時候，她就拿著一本語文書到老師辦公室來了。

她說：「老師，這本書不知道是誰放在我桌子上了。」又說：「我不知道是誰的，那老師就先保管著吧，可能是我們班同學不小心放的吧！」

他給鄭曉燕講了一個小故事，他說：「老師小時候用的課桌是一張桌子占兩個人，課桌中間用一條線作為與同桌的分界線。可是不知是什麼原因，同桌的自然課本就跑到了我這邊。當時我拿著這本書不知道該怎麼辦。我怕別人說是我偷的，所以就把這本書拿回家藏起來了，一直也沒有還給同桌。想起這件事情，我就非常後悔。可是人誰都會犯錯誤，每個人都是在犯錯誤中不斷成長起來的。犯錯誤並不是一件可怕的事情，關鍵是我們應該怎麼去看待自己的錯誤。只有我們不斷從錯誤中總結教訓，才會取得更大的進步。老師說的對嗎？」

鄭曉燕明白了老師所講故事中蘊含的道理，她知道自己錯了，低著頭對老師說：「老師，我知道錯了，以後我一定會改的。」

聽完鄭曉燕的話，他高興地笑了。

愛的話語

人的一生會犯很多錯誤，每個人都是在犯錯誤的過程中不斷總結教訓，慢慢地成長起來的。孩子，你也有犯錯誤的時候，在犯了錯誤之後，你希望能夠得到別人的寬容。那麼，當別人犯了錯誤之後，也希望得到你的寬容和諒解。你要學會寬容別人，讓別人感受到你的大度，感受到你的愛，這樣他們才能夠在錯誤中得到教訓。當你寬容別人的時候同樣也是在寬容自己，是在愛自己；寬容了別人，自己的內心也會感到快樂，感受到幸福。

孩子，寬容是一種愛的表現，懂得寬容的人就會懂得生活中的愛，就會擁有更多的愛，你在愛的呵護下就會健康快樂地成長。

19

真正的平等和關愛

有一所公立學校，這個學校對自己的放假制度有著特殊的規定，那就是只有在法定的節假日才會休假。有一位學生的家長對此表示抗議，然後打電話給學校校長，想問清楚到底是什麼原因讓他有權利剝奪孩子的休假時間。

電話接通了，家長的態度有些激動，但是校長並沒有生氣，而是耐心地給這位家長解釋了其中的原因。

校長說：「這位家長你好，我們之所以會這樣做，是因為這樣就可以每天為孩子們提供免費的午餐以及暖氣。這樣一來，那些家庭條件困難的學生一天就能夠保證吃到一頓有營養的飯菜，他們有的還要帶一些剩的飯菜回家，當做自己的晚飯。所以學校才會實行這樣的放假制度，這只是為了照顧家庭困難的那些孩子。」

聽到這話，這位家長的語氣有些緩和了，他接著問校長：「天氣這麼冷，很多人家裡都有暖氣，那又何必讓所有的孩子都冒著寒冷，在這樣的條件下學習呢？」

校長接著耐心地解釋說：「如果我們那樣做的話，那些家庭條件困難的孩子就會覺得自己是被特殊照顧的對象，可能會拒絕來學校上課。所以，我們決定所有的老師和學生都要在這麼寒冷的天氣裡堅持在學校學習，為的就是要用我們的愛心呵護那些孩子的幼小心靈，讓他們能夠感覺到自己生活在一個平等、尊重，一個充滿關愛的世界裡，而不會因為得到學校的特殊照顧，產生心理上的自卑感。這樣他們就能夠用心讀書！」

家長聽完校長的這番話內心感觸頗深，他激動地對校長說：「校長先生，我為我剛才不友好的態度向您表示歉意。我覺得您說的這番話非常有道理，聽完後我深受感動。從您的話裡，我體會到了什麼是真正的平等，什麼是最真切的關愛，什麼是對一個人的尊重。我的孩子能夠在這樣一個充滿平等與關愛的校園裡學習，我為他感到驕傲！希望我的孩子也能夠用心體會這種平等，這種尊重，這種最美好的關愛！」

校長聽完了這位家長的話，非常欣慰地笑著對家長說：「我身為學校的校長，向您表示感謝，多謝您對我們工作的支持！請您放心，您的孩子生活在這樣的環境裡，他一定能學會如何平等地關愛身邊的人，無論這些人的出身是高貴還是卑微，他都會真心地去尊重他們，關愛他們。您的孩子在愛的薰陶下也一定會快樂地學習和生活！」

多年以後，這位家長的孩子長大了，他經常對媽媽說：「媽媽，我真的非常慶幸能夠在這所學校讀書。它教會了我應該怎麼去對待身邊的每一個人，那就是要用自己的心去平等地關愛別人，讓別人感受到最真誠的尊重。這樣不僅是在愛別人，更是對自己的尊重和關愛！」

媽媽聽到孩子的這些話，非常欣慰，從內心裡感謝學校對孩子的教育。她每當聽到孩子這些話的時候，都會笑著對孩子說：「孩子，媽媽真為你感到驕傲！因為你懂得了什麼是真正的平等和關愛，更懂得了發自內心地尊重別人！」

愛的話語

平等與關愛是需要每一個人用心去感受的，更需要所有的人用心去做！因為平等的關愛並不只是簡單地對所有人一視同仁，更重要的是對別人精神上的關愛，這種平等是需要用愛去呵護的。孩子，你的身邊會有不同的人，他們的出身也是不一樣的，你要學會去用平等之心關愛他們，讓他們能夠感受到你們內心真誠的愛，那是一種最真誠的尊重和發自內心的關愛。

孩子，只有你用心去關愛身邊的每一個人，那麼他們的內心就會被濃濃、暖暖的愛填滿，他們就會快樂地生活，也會把他們的愛毫無保留地給予你。這樣你就會在愛別人的同時得到別人的愛，你擁有的愛就會更有意義！懂得平等地關愛別人的人，才會得到別人平等的愛和尊重！

20 勇於指正同學的錯誤

陳曉豔和李琴是同班同學，她們倆一起上學，一起放學回家，一起做功課。可是，最近她們倆卻吵架了。

陳曉豔和李琴是一個小隊的，班級裡每個月都要在小組間進行隊報的比賽。小組長李琴早就催促小組的同學一起努力辦報紙，一定要在競賽中取得好成績。小隊的同學齊心協力，做出了一期畫面精彩、文字優美的報紙，大家都很高興。報紙交給了李琴管理，只等著比賽的日期一到，交給老師就可以了。

可是，陳曉豔發現，最近她去找李琴，李琴總是說自己沒空，躲在書房裡忙個不停。陳曉豔問她出了什麼問題，李琴也不回答。到了比賽的日子，李琴把隊報交給了老師，小隊裡的人都期盼著能拿到第一名，可是李琴的表情卻很不自然。老師宣佈了獲獎的名單，並沒有李琴那一小隊。大家都很失望，辛苦做出的成果居然沒有得到賞識。

陳曉豔覺得奇怪，她認為這次的隊報做得很好啊，為什麼沒能獲獎呢？放學回家的路上，陳曉豔說出了自己的疑問。

李琴半天沒有吱聲，終於忍不住對陳曉豔說：「是我不小心把大家做的隊報弄丟了。」

「什麼？」陳曉豔大吃一驚。

「我只好自己做了一份交給老師。可是時間太緊了，我做得不好，所以我們的隊報沒有獲獎。」

「可是其他隊員都不知道啊？」

「如果他們知道了肯定會怪我，我這個小隊長還能當好嗎？」

「可是，因為你的粗心，大家的努力都白費了啊？你應該向大家承認錯誤。」

「我不敢，你能幫我保守祕密嗎？下一次我一定會小心的。」

「不行，你做錯了，就要勇敢地承認錯誤，我不能縱容你。」

「哼，算了，還是好同學呢，連這個忙也不幫。」說完，李琴生氣地一甩手，走了。

陳曉豔覺得很為難，可是李琴明明做錯了，怎麼能讓她不去面對自己的錯誤呢？如果不嚴正勸告她，下次她還犯同樣的錯誤怎麼辦啊？陳曉豔想了半天，給李琴寫了一封誠摯的信談了自己的看法，鼓勵李琴鼓起勇氣勇敢地面對自己的錯誤。

第二天，小隊活動，陳曉豔早早地就站在活動的地點等候。這時，李琴來了，她不好意思地走向陳曉豔，牽著陳曉豔的手，走向其他的同學……

愛的話語

孩子，同學們犯了錯，你不要一味地包容，不然會縱容他不良的作風。你有必要幫助同學糾正他們的錯誤，即便會得罪他們，但讓他們「痛改前非」，他們日後想起來會感謝你的。

這是為同學著想，即便給同學難堪，卻是對同學的真心關愛，會讓同學終身受益的。相反地，一味姑息縱容，只會讓同學犯下更大的錯誤，以至於結局難以挽回，讓你和同學都追悔莫及。

Chapter 3

愛朋友

朋友可能是一輩子的，也可能是短暫的，在於你們之間的愛有多深有多淺。

21
愛發脾氣的乍侖

在泰國的一個小鎮上，有一個可愛的小男孩叫乍侖。這個小男孩雖然活潑可愛，卻特別愛發脾氣。每次乍侖在對小夥伴們發脾氣的時候，都不免會說出一些非常傷害朋友的話。慢慢地乍侖的朋友都不理他了，可是他愛發脾氣的壞習慣卻一點都沒變，反而更厲害了。

乍侖的父親看見孩子這個樣子，心裡非常難過。可是，作父親的卻不知道該怎麼辦，只好去向一位心理學家請教。在聽完乍侖的情況後，心理學家給這位父親想出了一個辦法。

乍侖的父親按照心理學家的辦法，去一個雜貨店買了一大包釘子。當父親回到家的時候，乍侖又在因為玩具的事發脾氣。

父親走到乍侖身邊，把手裡的釘子交給他說：「兒子，爸爸給你買了一些釘子。以後你再發脾氣的時候，就把釘子釘在咱們家院子裡的那塊木板上。發一次脾氣就釘一次，可以做到嗎？」

乍侖對父親的這番話非常不解，他不懂這樣做的目的，但還是答應了父親。

第一週過完以後，那塊木板上一共被小男孩釘了五十顆釘子。然而，在以後幾週的時間裡，乍侖在木板上釘的釘子數卻漸漸地變少了，他愛發脾氣的壞習慣正在一天天改善。

因為每次乍侖看到這塊木板上釘著那麼多釘子的時候，他心裡都會想：「這麼多釘子！原來我每天會發這麼多次脾氣。我應該學會克制。因為我以前總是對小夥伴們發脾氣，現在沒有一個小夥伴願意理我了。」他一想到這裡就非常難過。

就這樣又過了幾週，木板上的釘子雖然還在繼續增多，但是速度已經越來越慢了。直到有一週，一個星期過去了，可是木板上的釘子只增加了三顆。小男孩非常高興，就趕快跑到父親的房間裡，告訴他這個好消息。

可是，在乍侖告訴父親這個消息之後，父親並沒有表揚他。

父親像是在沉思默想，過了一會兒，溫和地對乍侖說：「這樣吧，乍侖，如果你以後能夠堅持兩天不發一次脾氣的話，你就從木板上拔掉一顆釘子。如果做不到的話，就繼續釘吧！」

小男孩聽完後還是有些不明白，但他又一次答應了父親。

就這樣過了不到半年的時間，木板上的釘子被小男孩拔光了。小男孩這次更高興了，他飛奔到父親身邊，對父親說：「爸爸，我把木板上的釘子拔完了！」

父親這次非常高興，不但表揚了乍侖，並且語重心長地對他說：「兒子，你做到了，爸爸真為你感到高興！可是，你雖然把釘子拔完了，但你看看這塊木板上留下了多少小洞啊！它們已經不像原來那麼平整了。這就像你平時對小夥伴們發脾氣一樣，你對他們說的那些帶有傷害性的話，就像是這些釘在木板上的釘子一樣，留下了抹不掉的疤痕，給別人帶來了永遠的傷害。孩子，你懂了嗎？」

小男孩聽完父親的話，眼睛裡噙滿了淚水，他對父親說：「爸爸，我知道錯了，以後我一定會好好地愛我的朋友，再也不亂發脾氣了。」

愛的話語

孩子，你對朋友的傷害就像木板上的釘子一樣留下的傷口難以癒合，一旦你給對方造成了心靈上的陰影，就可能成了永遠抹不平的疙瘩。

孩子，你要學會控制住自己的脾氣，在和朋友發生矛盾的時候要理智。

22

什麼是真正的友情

有一個可愛的小男孩叫張超，他在十歲那年生了一場大病，在輸血的過程中不幸被傳染上了愛滋病。

以前跟張超一起玩的那些孩子們，因為害怕自己被傳染，都開始躲著張超，不願意和他玩。結果，只剩下馬波願意和張超一起玩，他們兩人還是和以前一樣要好。馬波經常會陪在張超的身邊和他聊天，並且鼓勵他一定要戰勝病魔。

有一天，馬波在翻看雜誌的時候，偶然間看到了上面寫著這樣一個消息，說上海的一名醫生經過多年研究，已經成功地找到了一種能夠治療愛滋病的植物。看到這個消息，馬波高興地蹦了起來，他太高興了。

他急忙跑去張超家和他一起分享這個令人高興的消息。兩人商量了一下，最後決定偷偷地去上海尋找那位名醫。他們倆就在那天晚上悄悄地離開了家，踏上了尋找名醫的道路。

兩個孩子為了省些錢，晚上就在帳篷裡睡覺。他們倆就這樣一直走，一直走。一個多星期過去了，張超的咳嗽卻越來越厲害，而他們從家裡帶的藥也快吃完了。

有一天夜裡，張超感覺特別冷，全身開始發抖，他對馬波說：「馬波，我好冷，我感到好孤獨，我好像已經到了黑暗的宇宙中，好像來到了另一個世界。」

馬波聽了很傷心，就想：「怎麼才能讓張超感覺到溫暖，感覺到朋友的存在呢？」

他脫下了自己的外套放到了張超的手上，對張超說：「你不會孤單的，我會一直陪在你身邊，你以後睡覺就抱著我的外套，這樣你就會感覺到我的溫度，就不會孤單了。」

又過了幾天，兩個人身上帶的錢快要用完了，可是離上海還有很長的一段路。張超的身體越來越差，咳嗽聲不斷，馬波不得不放棄了替張超尋找名醫的計畫，帶著張超返回家鄉。馬波還是像以前一樣常常去看張超，他們在一起很快樂，談論著各種好玩的事情，但是馬波從來不會談到生死的話題。馬波天天都會守在張超的旁邊，希望能夠給張超帶來一些快樂，讓他最後感受一下人間的溫暖。

就這樣過了十多天，在一個陽光明媚的下午，馬波推著張超來到院子裡曬太陽，溫暖的陽光灑在張超蒼白的小臉上。

張超問馬波：「馬波，我們玩一個遊戲好不好？」

馬波高興地說：「好啊，什麼遊戲？」

張超說：「我們玩裝死的遊戲。」

馬波愣了片刻，但還是點了點頭，答應了張超的要求。

誰知道，玩著玩著，遊戲雖然結束了，張超卻沒有睜開他明亮的雙眸……他永遠地離開了這個世界，離開了馬波。

那天晚上，馬波陪張超的媽媽回家，路上兩個人沒有說一句話。就這樣，沉默地一直走，一直走。

到了兩人分手的時候，馬波哭著說：「阿姨，我非常難過，我沒能夠給張超找到那位名醫，沒能夠治好他的病，非常抱歉！」

張超的媽媽此時已經泣不成聲，一把摟住了馬波，對他說：「不是這樣的，孩子。你已經找到了，那就是愛。你給他帶來了巨大的快樂，讓他感受到了什麼是真正的友情。你還給了他一件外套，你的愛會永遠地陪在張超的身邊，你們會是永遠的朋友！」

愛的話語

友情是一種最珍貴的情誼，它能夠讓我們感受到溫暖，感受到快樂！它擁有神聖的光環，能夠給予人們無限的力量。老話說得好：「人生得一知己，足矣。」一個人一生中如果能夠擁有一個真心、知心、交心的朋友也就足夠了。

孩子，故事中的馬波就用自己的實際行動向我們展示了什麼是真正的友誼。朋友就是應該不離不棄，在一方遇到困難時，另一方要盡最大的努力去幫助他，這樣才能算是真正的朋友！朋友之間要學會互相關愛，這樣的友情才會長久，才是值得每個人去珍惜的情誼。

孩子，你一定會像故事中的馬波一樣，用自己的真心對待身邊的朋友，給他們帶來快樂和溫暖。

23

重新找回了友誼

在中國的一個小鎮上，有一個男孩叫丁雨軒，他娶了一位漂亮的妻子，名字叫杜麗娟，他們生活得非常幸福。

杜麗娟有一個可愛的弟弟叫杜浩東，他是一個盲人。雖然杜浩東看不見，卻有著非常靈敏的嗅覺和聽覺，所以丁雨軒打獵時很喜歡帶上他。他們兩個既是親戚又是非常要好的朋友，從小他們就經常在一起玩。

由於杜浩東擁有靈敏的嗅覺與聽覺，所以很容易就能夠辨別出哪裡有獵物出沒，丁雨軒跟著杜浩東總是能夠有所收穫。

一天早上，丁雨軒準備帶著杜浩東上山打獵。他們兩人到了山上，各自設置了一個陷阱，並用樹葉和草把陷阱偽裝好。想不到，丁雨軒為了自己能夠打到更多獵物，竟然故意讓杜浩東的陷阱露在外面。丁雨軒心想：「反正杜浩東什麼也看不見，這麼做他肯定發現不了的。」

等到傍晚的時候，他們倆到各自設置的陷阱旁尋覓自己一天的收穫。

丁雨軒打開陷阱一看，裡面只有一隻藍色的小鳥；他失望之餘，馬上跑去看杜浩東的收穫。杜浩東打開陷阱，裡面也同樣只有一隻小鳥；但是那隻小鳥太漂亮了，牠的羽毛有好幾種顏色，就像穿著花布衣裳一樣惹人喜愛。丁雨軒想：「如果我能夠把這隻漂亮的小鳥拿回去送給我的妻子，她一定會非常高興的。」

所以，丁雨軒就偷偷地把兩隻小鳥掉換了，將那隻藍色的小鳥給了杜浩東。丁雨軒看著杜浩東輕輕地摸著那隻藍色的小鳥，臉上帶著笑容，好像沒有察覺出任何不對的地方，一會兒就把牠裝進了小包裡，丁雨軒這才放下心，把那隻漂亮的小鳥放進了自己的小包裡。

他們高高興興地下山了。在回家的路上，他們談天說地，閒聊起生活中的一些事情。

丁雨軒問杜浩東：「你說為什麼人們總會在爭吵中生活呢？」

杜浩東笑了笑沒有回答。丁雨軒覺得很好奇，杜浩東到底想到了什麼呢？平時他對每個問題都有自己的獨特看法，這次為什麼他只是微微一笑呢？

丁雨軒催促著杜浩東回答：「你快說啊！是什麼原因呢？」

杜浩東表情突然嚴肅起來，對丁雨軒說：「因為他們對別人做了剛才你對我做的那些事，這就是原因。」

丁雨軒聽完杜浩東的話，臉一下子就紅了，支支吾吾地對杜浩東說：「對不起，杜浩東，我做了一件錯事，你能原諒我嗎？」

丁雨軒一邊說著，一邊從小包裡拿出那隻漂亮的小鳥還給了杜浩東，接著又拿回了自己的藍色小鳥。

他們就這樣沉默地走了一段路，丁雨軒突然停下，鼓起勇氣問杜浩東：「人們怎樣才能夠重新找回他們的友誼呢？」

杜浩東笑著對丁雨軒說：「只要他們能夠做你剛才對我做的事情，就會重新找回他們的友誼！」

丁雨軒聽完杜浩東的話，激動地上前擁抱杜浩東，感謝他原諒了自己。就這樣，丁雨軒又重新找回了與杜浩東的友誼。

愛的話語

友誼是朋友間最珍貴的感情，擁有友誼就會擁有朋友的關愛。每個人的友誼都需要用心去維護，因為得到一份友誼不容易，保持一份友誼的長久更是不容易的事情。孩子，朋友是需要關愛的，朋友需要心與心之間的坦誠和心靈的溝通，這樣你們才能夠感覺到對彼此的需要。你只有用心去對待你們的友誼，才能夠真正地懂得什麼是更深層次的友情，什麼是值得你永遠珍藏的友情。

孩子，你要學會如何與朋友相處，讓你們彼此的愛都能夠流入你們的心靈深處，讓它們在你們的心裡生根發芽，結出更多愛的果實。這樣，你們就會擁有更多的愛，你們的愛會讓你們的朋友和你們身邊的每一個人感到快樂和幸福。

24

和失敗的對手做朋友

激烈的世界級拳王爭霸賽正在緊張地進行中。

參加拳王爭霸賽的兩位選手分別是三十五歲的卡菲羅和二十五歲的巴雷拉，他們兩人都是美國的職業拳擊手。在上半場的拳擊對抗中，兩人共較量了五回合，但是兩人實力相當，難分勝負。觀眾的心隨著比賽的進行而起伏不定，都希望在下半場的比賽中能出現一些驚人的變化，看到比賽分出勝負。

卡菲羅在拳擊界來說年紀有些過大了，在激烈的較量中很明顯有些體力不支，結果在下半場第六回合時中，被對手巴雷拉接連幾次擊中頭部，受傷了。

中場休息時，小將巴雷拉似乎對自己剛才的重拳出擊有些愧疚，他真誠地向前輩卡菲羅道歉，並且親自用毛巾一點一點仔細地為卡菲羅擦去臉上的血跡，並把自己的礦泉水灑在前輩的頭上，為他降溫。

雙方又繼續交戰幾個回合之後，卡菲羅也許真的是年紀太大了，有些力不從心，因此一次又一次地被對手巴雷拉擊倒在地。

按拳擊比賽的規則，一方被打倒在地後，裁判如果連數三聲之後對手仍然沒有起來，那就算被打倒方輸了。

雖然被巴雷拉多次打倒在地，但是卡菲羅都頑強地站起來。另一方面，巴雷拉每次也都不等到裁判數到「三」就上前去把卡菲羅扶起來，然後兩人微笑著互相擊掌，繼續進行比賽。

現場的裁判和觀眾都對巴雷拉的舉動感到震驚，他們在拳擊場上還從未見過這樣的情景。

比賽終於結束了，小將巴雷拉以一百比七十四戰勝了卡菲羅，但是巴雷拉並沒有沉浸在觀眾的鮮花和雷鳴般掌聲的喜悅中，而是走出人群，直接走到了被冷落在一旁的老將卡菲羅面前，將最大的一束鮮花送給了他。卡菲羅真的是非常感動，兩人深深地相擁在一起，相互親吻著兩人受傷的部位。此一場景感人至極，他們就像一對親兄弟一般，惺惺相惜。

卡菲羅真誠地向巴雷拉表示祝賀，看得出他那是發自內心的真誠的笑容。緊接著他激動地握住巴雷拉的手，將它高高地舉過頭頂，向全場的觀眾表示敬意。震耳欲聾的掌聲立刻迴蕩在觀眾席的上空。

老將卡菲羅敗了，但保持著風度；小將巴雷拉贏了，卻充滿著大氣。

愛的話語

卡菲羅雖然失敗了，但是敗得很有風度；巴雷拉雖然勝利了，但是勝得十分大氣。這就是人性中最偉大的美，最廣博的愛。孩子，如果你能夠這樣對待你的對手，那你就擁有了世界上最博大的胸懷。這並不是每個人都能夠做到的，但相信你能夠做到。

在和對手相處時，你們之間存在著競爭，存在著「戰鬥」，但是當你真心地讚美你的對手的時候，孩子，你會發現，最後取得的結果並不是最重要的，重要的是你向對手付出了你的愛。所以無論你是成功還是失敗，你都是勝者。因為你懂得了如何去愛每一個人，甚至是自己的對手。這種世界上最博大的愛，為你稚嫩的心靈罩上了最美麗的光環，它就是你最神聖、最值得永遠珍藏的「獎盃」。

孩子，你要學會愛所有人，用你的愛去感化每一個人，因為只有這樣，你才能體會到世間真正的快樂，世界才會因為你的愛、你的快樂，而變得處處溫馨美好，處處充滿真情。

25

用關懷感動敵軍

龐統，出生於荊州襄陽（現湖北襄陽），字士元，號鳳雛，三國時期劉備的重要謀士，他官拜軍師中郎將，才智與諸葛亮齊名。由於當時是亂世年代，蜀國和魏國為了爭霸相互視為敵人，但龐統卻非常重情義，尤其是對於他的朋友。

一次，龐統去德陽探望朋友，恰值魏兵來犯，而他的朋友當時也罹患重病。城裡的百姓紛紛攜妻帶子，逃難去了。

這時，朋友勸龐統說：「我現在病得很厲害，連床都下不了，估計活不了幾天。趁敵軍還沒有來，你趕緊逃命去吧。你能來看我，我已經非常感激了，也算是死而無憾。你趕緊走吧！」

可是，龐統卻一動不動地站在那兒，連一步路都沒有邁出去，說：「你把我看成什麼人了，我千里迢迢地趕來，就是為了來看你。現在，你都病成這樣了，我怎麼可以就這樣扔下你，棄你而去呢？」說完，他便轉身去了廚房，給朋友熬藥去了。

儘管朋友一連聲地百般苦求，叫他快走，龐統卻當做沒有聽見，靜靜地給朋友升火熬藥，耐心把藥熬好，然後小心翼翼地倒進碗裡，送到了朋友的床前。

龐統語帶安慰地說：「你就安心養病吧，趕緊趁熱把藥給喝了。不要管我，就算是天塌下來我也要替你頂著！」

就在這時，門「砰」的一聲被踢開了，幾個兇神惡煞般的魏兵端著長矛和大刀衝了進來，刀上還滴著猩紅的鮮血。

他們看到龐統，衝著他喝道：「你是什麼人？竟敢如此大膽！全城的人都跑光了，你居然留在家裡，不要命了嗎？」

龐統聽了，顯得非常淡定，指著躺在床上的朋友說：「你看，我的朋友病得很重，我怎麼可以丟下他獨自逃命？」隨後，他正氣凜然地說：「請你們別驚嚇了我的朋友，你們要錢要命，儘管找我就好了。即使你們要取我的性命，那也得讓我先給朋友餵完這碗藥。」

敵軍聽了龐統的慷慨言語，看看龐統的毫不懼死的態度，忽然很感動。因為這些士兵都是遠離家鄉和親人、缺少關懷的人，見到這種情景，士兵們臉上的殺氣頓時消失殆盡。

領頭的軍官更是熱淚盈眶，說：「想不到這裡的人如此高尚，我們怎麼可以去傷害他們呢？」說完，就下令撤軍了。

後來，劉備知道了這件事也很感動，為有這樣的謀士而驕傲、自豪。而龐統的那位病重的朋友，在龐統悉心照顧下，很快地就康復了。

愛的話語

龐統對待自己的朋友重情重義，在敵軍來犯時，仍然對自己的朋友關懷備至。正是因為他的這種關懷，打動了敵軍，讓敵軍放下了歹毒的念頭。

孩子，就算是臨危關頭，你也要善待朋友，你會因為這份責任感和關懷，除了感動這位朋友之外，其他的人也會備受鼓舞和啟發，你也會因此贏得別人的尊重，從而獲益匪淺。

26

信念的重要性

這是一個發生在沙漠裡的真實故事，這個故事讓人們明白了信念對於人們來說是多麼的重要。

有一支探險隊在沙漠裡行走，他們已經在這個大沙漠裡走了六天了。他們想挑戰人類在沒有足夠的食物和水的情況下，只靠著人們的信念，能否走出沙漠。

探險隊長只允許隊員們帶足五天的乾糧和水，因為隊長想讓隊員們親身感受信念對於一個人的生存來說有多麼重大的意義。沙漠裡的溫度實在是太高了，陽光非常毒，如果皮膚暴露在陽光下，就會被毒辣的陽光灼傷。沙漠裡的風更是乾燥，夾雜著沙子，讓人感覺連呼吸都很困難。探險隊就在這樣惡劣的環境中艱難地行走著，而且他們帶的乾糧和水都已經在第五天的時候全用光了。他們現在已經一天多沒有吃過一口飯，沒有喝過一口水了。可是，探險隊員們仍然堅持著！

探險隊員們堅持了兩天之後，他們的體力已經快損耗淨盡了，有的隊員甚至坐到了沙堆裡，再也不能動了。他們現在最大的動力就是找到水，因為只有這樣，他們才會充滿生存下去的希望。如果現在有一個水源，哪怕只是一瓶水，對於探險隊員們來說都是一種生存下去的信念。

就在隊員們快要失去走出沙漠的勇氣的時候，探險隊長拿出來一個軍用水壺。他非常高興地對隊員們說：「你們看，我這裡還有一壺水。」隊員們聽到這句話，就像是自己已經走出了沙漠一樣，心情非常激動。他們都紛紛看向了隊長，看著隊長手裡的這壺水。

隊長說：「我要告訴大家，我手裡的這壺水是大家的救命水。但是在我們還沒有成功走出大沙漠之前，我們誰都不能喝。因為有這壺水我們就有一種生存下去的信念，我們就有希望走出沙漠。」

隊員們聽完隊長的話，都高興地點了點頭。此時的隊員們就像是全身充滿了無窮的力量，隊員們又開始了艱難的沙漠跋涉。

隊長說：「這壺水你們每個人都要拿一會兒，這樣你們走出沙漠的信念就會更加強烈。」

這壺水就這樣在每個隊員的手裡一次又一次地傳遞著。隊員們拿著這壺水，就像是在緊握著一絲希望，他們感覺無比幸福。他們就這樣靠著這壺水支撐著，向沙漠的盡頭走去。

終於在過了三天之後，探險隊走出了這片大沙漠。他們擺脫了死亡的威脅，幸運地活了下來。隊員們此時定睛看著隊長的這壺水，留下了激動的淚水。

「啊，正是這壺水給了我們巨大的求生信念！」

最後，有一個隊員說：「隊長，現在我們已經走出沙漠了，可以喝水了吧？」

隊長聽完隊員的話，就拿起這個軍用水壺，擰開了壺蓋，然後將壺口往地上傾倒。就在這一瞬間，隊員們驚呆了，原來壺裡邊不是救命的水，而是一壺沙子。

愛的話語

探險隊長用一壺沙子充當一壺水，激勵隊員們走出了茫茫大沙漠，這不是一種欺騙，而是一種愛的智慧，是為了給隊員們樹立一種頑強的信念，為了拯救他們每個人最為寶貴的生命。這是一種智慧之光，這是一種智慧之愛。

信念對於一個人來說非常重要，尤其是對於身處逆境中的人來說就更加重要。一個擁有信念的人，才是一個懂得愛的人，因為信念就是愛自己的一種表現。如果一個人擁有信念，那麼他在做什麼事情的時候，都會有一種積極、樂觀的心態，他會因為心中的信念而變得勇敢。這樣他就能夠克服困難，看到生活給予他的希望，感受到生活對自己的愛。

孩子，你也要做一個有信念的人，這樣，你的生活才會永遠充滿希望，你才能用心去愛自己。你的信念也會感動身邊的人，讓別人也能夠更好地愛他們自己。這樣，大家都能擁有信念，都會對生活充滿希望，都能感受到生活中的快樂和生活給予每個人的愛，世界也會因此變得美麗而又溫馨。

27

朋友應相互信任

皮斯阿司，生卒年不詳，兩千多年前古羅馬民族起義的一個首領。皮斯阿司是一個孝子，同樣對朋友也非常信任，朋友對他也非常信任。

有一次，皮斯阿司率領起義軍，攻打羅馬城，但是到最後還是被鎮壓了下去，功敗垂成。皮斯阿司因此被俘。

國王決定，在星期五這天，將皮斯阿司在公共廣場的行刑柱上砍頭示眾。

這一決定公召天下後，人們議論紛紛，都說皮斯阿司是一個孝子，現在他的老母親一定是無人贍養了。

聽別人這麼說，國王很感動，問皮斯阿司：「你不久就要離開人世，你有什麼願望？」

皮斯阿司說：「我起兵這麼多年，從沒有見過母親一面，我想要見她最後一面，為她梳梳頭髮，然後吻她一下……」

國王聽著聽著，覺得皮斯阿司的確是一個孝子，對皮斯阿司說：「現在給你一次機會，你可以回家看望你的老母親。但是，你離開了後，我如何能相信你是否還會回來受刑呢？」

皮斯阿司說：「這個你不用擔心，我盡完最後的孝順後就會回來。」

「最晚到什麼時候？」

「週五日落之前。」

「你能否讓我更放心？」

皮斯阿司頓了頓腦袋說：「這樣子吧，在羅馬城裡，我有一個最好的朋友，他叫達蒙，可以代替我當人質。如果我沒有按時回來，你就可以把他殺掉。」

國王將信將疑，皮斯阿司對他說：「如果你不相信的話，可以和我到達蒙家去走走。」

國王就同意了。

來到達蒙家後，皮斯阿司說明了緣由，達蒙馬上點頭同意讓自己作為人質。

於是，達蒙被國王率領的衛士抓走了，他被綁在那個行刑柱上。而皮斯阿司則快速地向家跑去，去看望他的老母親。

週一過去了，週二、週三、週四接著也過去了……

每過一天，公眾廣場上的「看客」都會諷刺和挖苦達蒙：「你這個傻瓜，你的朋友不會回來了……等著瞧吧，被砍頭的一定是你！」

但達蒙相信他和皮斯阿司的友誼，靜靜地等待著。

終於到了週五，皮斯阿司還是沒有回來。

這時候，國王也著急了，對達蒙說：「看來，皮斯阿司已經逃之夭夭了。」

達蒙說：「他會回來的。」

國王嗤笑著說：「你被他騙了，我也被他騙了，他是把你當做替死鬼。」

達蒙仍咬牙相信皮斯阿司會回來。

國王說：「他是孝順、善待他的老母親，我才會讓他回去的。但現在看來，他不可能回來了。」

附近的「看客」們也議論紛紛，都在指責達蒙的傻瓜行為。

眼看著太陽慢慢地就要落下，國王和看客們緊繃的心弦也鬆弛下來。眼看著達蒙就要被執行刑令，劊子手的屠刀也高高地舉起了……

這時候，忽然人群中有一個聲音：「看，他回來了！他回來了！」

順著那個聲音，人們回頭望去，只見夕陽西斜處，有一個人影正緩緩地挪動著。

人們清楚地知道他是皮斯阿司，都屏住了呼吸。國王也讓劊子手暫停一會兒，看看皮斯阿司回來到底要搞什麼名堂。

皮斯阿司步履蹣跚地走了過來，他的衣服早已被荊棘刮成碎片，腳上早已沒了鞋子，腳底被磨破，露出了骨頭。在他跑過的身後，留下了一條血跡。

終於，他跑到了死刑柱前，撲上去抱住達蒙，說：「我回來了，讓你久等了。」說完，便暈厥了過去。

國王馬上下令等皮斯阿司醒了過來再行刑。

到了傍晚，皮斯終於阿司甦醒了，他開口就問：「我的朋友還在嗎？」

國王說：「他還在，現在已經過了斬你頭的時刻。不過，我還是決定要殺你們其中的一個。」

皮斯阿司疑惑地說：「為什麼不說只殺我呢？」

國王說：「我被你的精神所感動了。」

皮斯阿司說：「但達蒙那麼信任我，你不為他感動嗎？」

國王考慮了良久，叫來達蒙，問他：「如果我要殺死你們其中的一個，你認為應該殺誰呢？」

達蒙說：「國王你說呢，我都甘願替他當人質了，還害怕被殺嗎？」

「萬一他不回來了，被殺的一定是你啊！」

達蒙說：「我相信他會回來的。」

「為什麼？」

「因為我們是朋友。」

國王深深地被皮斯阿司和達蒙的精神震撼心靈，為他們的那份真情所感動。到最後，他抽出了腰間的佩劍，分別在兩個人的右肩上重重地拍了一下，又向門外揮了揮手。按照那個時代的風俗，國王的舉動意味著：他們兩人的身份從此由「奴隸」或「死囚」，變成了「自由人」。

愛的話語

皮斯阿司善待老母親，是一個懂得真愛、惜福感恩的人。此外，他對朋友達蒙的信任，也表明了他們之間的友誼禁得起考驗，患難見真情。也因此國王才會感動，最終釋放了他。

孩子，你有必要和朋友相互信任。因為，信任的友誼之樹才會存活長久。而且由於彼此之間的相互信任，會贏得別人的尊重與認同。否則，對朋友背信棄義，不光會失去這位朋友，也可能會得罪更多人，讓你成為一個薄情寡義的人，顯得冷冰冰，既不會愛人也沒有人愛你。

孩子，你有必要盡心關愛親人，也有必要珍惜朋友，以忠貞之愛相待，這樣，你才會受益終生。

28

朋友的借條

王德遠是頗有名氣的書法家，有一天，朋友找到他，向他借五千元。王德遠問朋友做什麼用途，朋友只是說有急用。出於對朋友的尊重，王德遠沒有多問，就把錢借給了他。朋友立下了一個借條，說半年內償還。

但是，三個月後，朋友又開口向王德遠借錢，還是五千元，一樣立下了借條，會在半年內償還。王德遠又問他借錢做什麼用，朋友依舊說很急。王德遠猜想朋友借錢不說明緣由自有他的道理，出於對朋友的尊重，就不再追問。

但是，至此以後朋友就失去了消息。王德遠不明白，為什麼朋友要消失呢？是否不想歸還自己借的一萬元呢？

王德遠有種種猜測。幸好他還有朋友的老家地址，於是決定在年終的時候到朋友的老家去弄個明白。

朋友不像王德遠出生在顯貴之家，他的老家坐落在一個偏僻的村落。王德遠好不容易才找到路，開車進了這個小村莊，在打聽到朋友的住家位置後，就駛向了朋友的家。

王德遠清楚地從車窗外看到，朋友的老家的院子十分簡陋，院子裡有一條黃狗。看到陌生人進來，黃狗就狂吠了起來。

有一個中年男子過來了，他是朋友的父親，問王德遠是誰，王德遠說是他兒子的朋友。那位父親打量了王德遠一番，就把他請進了家裡。

聽說朋友病了，王德遠不明白，問朋友的父親：「他是什麼時候生病的呢？」

朋友的父親說：「就在兩個月前。」

「為什麼呢？」

「前一段時期，我的老伴生病了，我兒子為了籌集醫藥費，向朋友借了一萬元。由於他許諾半年內還給朋友錢，便拚命地加班，沒想到身體很快就累垮了，他只好回到了家裡。為了不拖累我這把老骨頭，他又要去村裡做活，結果吃不消，就病成了這個樣子。」

王德遠一聽，馬上關懷地問：「那阿姨還好嗎？」

朋友的父親說：「幸虧有那一萬元，她馬上要出院了。不過，可苦了我的兒子，他為了還朋友的錢，竟病成這個樣子。」說著，父親險些要流出淚來。

王德遠安撫了朋友的父親一番，就走進了堂屋。看到王德遠進來，朋友馬上想要起身。

王德遠立刻走過去，把他扶下，說：「你病了，好好地躺著吧！」

朋友很歉意地說：「對不起，我沒有及時還你的錢。」

王德遠說：「現在養病要緊。對了，請醫生了嗎？吃藥了嗎？」

朋友剛想開口，朋友的父親打斷了，說：「現在家裡為他們娘倆已經快傾家蕩產了。」

王德遠明白朋友父親的意思，絲毫不再提錢，對朋友說：「現在你手頭急，養病要緊。喏，這是前幾個月另一個朋友讓我轉交給你的。」

說完，就把一個信封放在朋友的枕頭下。

朋友不知道是怎麼一回事，王德遠笑著說：「抱歉，這次我沒有給你帶藥來，下次我一定不會忘了。」

王德遠又安慰了朋友一番，便離開了。

當朋友打開信封後，發現裡面竟是一疊紙鈔，是他們急需的醫藥錢。朋友很感動，流出了淚水。

同一時刻，王德遠在開車回家的路上，從口袋拿出了那兩張借條，看了看，把它們撕碎了，然後自言自語道：「好好養病吧，那兩張借條就當做不存在了，那新的一筆錢算是我送給你的，作為朋友，我有義務為你著想。」

王德遠一邊說，一邊露出了欣慰的笑容。

愛的話語

王德遠一開始在朋友向他借錢時，出於對朋友的尊重，並沒有尋根問柢借錢的用處。，誰知，朋友雖然立下了借條，之後卻沒有如期償還。起初，王德遠並不知道是怎麼一回事，但在瞭解到朋友為了還錢拚命工作以致生了病之後，不但安慰朋友要安心養病，還給了朋友另一筆錢。可見，王德遠對待朋友有情有義。有王德遠這樣的朋友，他的朋友會很幸福。

孩子，如果借了朋友的東西，要明白「有借有還，再借不難」的道理，不能習以為常地給朋友添麻煩。當然，如果朋友借了你的東西，要相信和尊重朋友，當朋友無力償還時，要予以理解，同時也要給予適當的關懷，這樣才會讓朋友認為你不可多得，才會因為這份感動結下深厚的友誼。

Chapter 4

愛別人

即便和對方不熟悉，愛，會化解你們之間的尷尬，讓一切顯得那麼自然，親切自在。

29

是誰開的槍

在第一次世界大戰期間，一支部隊在森林中與敵軍展開了一場激烈的遭遇戰。戰鬥結束後，兩名戰士與部隊走散了，開始了逃亡的生活。

這兩個逃亡的士兵，原本就是彼此熟識的鄰居，參軍以前他們就是朋友，兩人感情很好。此時，他們正在森林中艱難地行進著，希望能夠找到自己的部隊。一路上，在遇到危險的時候，兩個人都拚命保護對方，自己身上的食物和水也都無私地拿出來一起分享。可是，令他們非常失望的是，都已經過了十幾天了，他們兩個人還是沒有找到自己的部隊，而身上的水和食物卻變得越來越少，就是一天只吃一頓飯，也只能勉強維持三天。兩人的壓力越來越大，心情也越來越沉重。

過了兩天，他們在森林裡發現了一匹馬，不得已把牠打死了，兩人就靠著馬肉又維持了幾天。森林裡的動物因為持續多天的戰爭，變得越來越少，就像滅絕了一樣。因此，他們今後的幾天就再也沒有遇到過任何動物，兩人僅剩的一點馬肉，就揹在那個比較年輕的戰士身上。

然而更加不幸的是，兩人在森林中又一次遇見了敵人的部隊。經過了幾次激戰，兩人終於很巧妙地擺脫了敵人，繼續逃跑。就在兩人自以為已經安全的時候，忽然一聲槍響，只見走在前面的年輕戰士身上中了一槍，鮮血直流，後面的戰士匆匆忙忙地跑到了小戰士旁邊，眼睛裡噙滿了淚水。

他著急得語無倫次地說：「幸好只是傷了胳膊，沒有什麼大礙，謝天謝地！」說著趕忙扯下了自己的襯衣為戰友包紮傷口。

晚上的時候，沒有受傷的戰士一直喃喃唸著自己母親的名字，他的眼神直直地盯著前面的樹。兩人都覺得他們這次熬不過去了。雖然那天晚上饑餓難忍，但是兩人誰也沒有吃那最後一塊馬肉，誰也不知道他們兩個是怎麼熬過了那一夜。第二天早上，兩個人幸運地被部隊救了出來。

事情已經過去了四十多年，那位曾經受傷的年輕戰士，現在已經上了年紀，他回憶往事時說：「其實，當年那一槍我早就知道是誰開的，沒錯，正是那個和我在一起的戰友開的槍。就在他跑過來為我包紮傷口時，我碰到了他的槍，槍管是熱的。可是我當時想不明白，我的鄰居為什麼會對我開那一槍呢？但是，就在那天晚上，我聽到他在夢裡一直喊著自己母親的名字時，我就已經原諒他了。我知道了他開槍的原因——他只是想從我身上得到那最後的一塊馬肉，我也明白他是想為了自己年邁的母親而活下來。在這四十多年裡，我一直裝作不知道是誰開槍打的我，也從來沒有向人提起過這件事情。然而，戰爭真的太殘酷了，他的老母親還是沒有能夠等到他回去。回到家鄉時，我和這位鄰居一起去看望老人家。

就在那一天，他跪在老母親的墳前，臉上佈滿了淚水，他說自己做了一件對不起我的事，希望我能夠原諒他。我沒有讓他把話說完。我告訴我的鄰居，那時候換做是我，也很可能會做一樣的事。那天晚上，我們誰也沒有吃最後一塊兔子肉時，我就知道了，我們兩個一定仍然可以成為好鄰居！」

愛的話語

年輕的戰士原諒了他的那位鄰居，因為他的鄰居希望能夠為了自己的母親活下來，這是一種無法割捨的母子之愛，年輕的戰士理解他。但最重要的是，開槍者沒有動最後那一塊馬肉，他沒有真正地背叛自己的鄰居，也沒有泯滅自己的良知，所以年輕的戰士原諒了他。這使得兩個人仍然能夠成為永遠的好鄰居。

孩子，原諒別人對於每一個人來說，都會承受一定的心理壓力，但是，只要你能夠用一顆博愛之心去理解別人，多站在別人的角度考慮，那麼原諒一個人就沒那麼困難了。

孩子，學會原諒別人、寬容別人，你就能夠減少抱怨和仇恨，就能夠活得快快樂樂。無論是對於你，還是那些被你原諒的人，這都會是一件有意義的事情，寬恕別人也是快樂自己。

30 和窮人家的孩子交換

在西班牙一個貧窮的小鎮上，有一位賣菜的老闆，他們家的蔬菜品種齊全，而且既新鮮又便宜。這家的老闆待人非常友好，心地非常善良。而且，你不時可以見到一個特別的現象，那就是這裡經常會來一些窮人家的孩子。老闆對他們也像對待其他的客人那樣，總是非常有禮貌地跟他們交談。

老闆看著店裡的一個小孩說：「早安，孩子！」

孩子也會樂呵呵地對老闆說：「老闆早上好，您這些蔬菜看起來真新鮮，非常誘人！」

老闆說：「我也這麼覺得。你爸爸的身體好些了嗎？」

孩子臉上露出了笑容，回答說：「我爸爸的病情正在慢慢地好轉，應該過不了幾天就可以下床活動了！」

老闆說：「太好了，恭喜你啊！你要買點菜嗎？」

孩子低聲說：「老闆，我沒有錢買菜。」

老闆笑眯眯地說：「沒錢也沒關係，你可以用東西跟我交換。你有什麼可以交換的東西嗎？」

孩子聽完，想了一下說：「我只有幾個貝殼，沒有其他的東西。」

「你真的有貝殼嗎？讓我看看可不可以交換。」老闆顯得非常興奮地對孩子說。

孩子趕快拿出最漂亮的貝殼給老闆看。

「這個貝殼看起來太小了，我想要一個大的，你們家裡還有沒有大的貝殼啊？」老闆很認真地問。

孩子想了想說：「應該有，老闆我給你回家拿吧！」

說著孩子就要往外走，老闆說：「那你先把這袋蔬菜帶回去吧，明天再給我拿過來也沒事，不用著急。」

孩子喜出望外，馬上回答說：「謝謝老闆，我一定會把貝殼送過來給您的。」說完高興地走了。

老闆每次和孩子們交談時，老闆娘都會站在他們身旁，非常和藹地看著他們。老闆娘理解丈夫為什麼這麼做，也支持他這麼做。因為他們心地善良，鎮上窮人多，根本就沒錢買菜，家裡也沒有什麼值錢的東西。

老闆為了能夠盡力幫助這些窮人，又不讓他們感到是施捨，所以就會和孩子們為了一個小小的貝殼談論半天，好像他真的是需要這些貝殼似的。就像剛才的孩子，老闆看他有一個小貝殼，就會說自己想要一個大的，希望他下次來的時候給帶過來，等孩子真的把大的帶過來了，老闆肯定又會說想要小的。目的就是為了讓他們回去的時候，拿上一些新鮮的蔬菜。

很多年以後，老闆離開了人世。鎮上的很多人都去送了他最後一程，裡面也有好多受過老闆恩惠的孩子，他們好多已經成為了社會精英。當時他們還小，以為老闆真的是需要他們的這些東西。後來，他們長大了，也慢慢明白了老闆的心意，明白了老闆對他們的幫助。

這些孩子們為了感謝老闆的幫助，為自己的大恩人設計了一個非常有紀念意義的葬禮。孩子們都和站在靈位前的老闆娘擁抱，希望這樣能夠安撫老闆娘的心靈，讓她感到一絲安慰。

愛的話語

一個人如果有能力就應該盡力去幫助別人，幫助別人的同時自己也能夠感受到快樂和滿足，得到幸福！孩子，能夠幫助別人的人，才會對別人付出自己的愛，也才會得到別人的愛；如果一個人不懂得幫助別人，那麼又怎麼會懂得愛，懂得快樂，懂得幸福呢？這樣的人生將是不完整的，是有缺憾的人生。你一定要學會幫助別人，幫助別人能夠讓別人感受到你的愛，你也會在幫助別人的過程中得到別人的愛，甚至是感恩！此時你就會感覺到自己真的很偉大，頭上像是戴著美麗的光環，得到了更多的愛和滿足。

孩子，愛是你用心傳遞的，愛是相互的，別人在得到你的愛時，他們也會向你傳遞愛，這樣世界就會因為擁有更多的愛，而變得溫馨美好。

31

神父的選擇

一次大規模的戰爭，使得好多人都背井離鄉成為了難民。他們大部分都在向邊境的方向逃難，希望能到鄰國去躲避這場戰爭。

難民們成群結隊地往前走，天氣非常熱，太陽高高地掛在天空，這些難民沒有得到它的一絲憐憫，只好拖著疲憊和饑餓的身子有氣無力地走著。難民們誰也不知道什麼時候才能走到邊境，進入所嚮往的和平的地方。

在難民中有一位身體染病的父親，帶著一個小男孩，孩子看上去五六歲的樣子。眼看著那位父親就快支持不住了，父親就帶著小男孩來到了一位神父的跟前。

父親哀求神父說：「神父，我知道您是非常仁慈的，您是神的化身，請您幫我照顧我的孩子，我覺得以我現在的身體狀況肯定是到不了邊境了，希望您能把我的孩子帶到和平的世界去。」

神父被這位父親的話深深地感動了，他很想幫助他照顧這個孩子，可是他不能這麼做，因為只要是他答應了這位父親，幫他照顧這個小男孩，那麼這位父親就肯定走不到邊境，他會死在途中，可憐的小男孩將會成為一個沒有父親的孩子。他心裡明白，只要是他不答應，這位父親就會因為心中那份對孩子的愛而一直堅持下去，他一定會走到邊境，進入和平的世界。

因此，神父對那位生命垂危的父親說：「對不起，我不能夠幫你照顧你的孩子。我都自身難保了，哪還有時間管你的孩子？你還是自己照顧孩子吧！」

父親聽到神父的話，心裡非常難過，他沒有辦法，就只好忍著病痛繼續跟隨著人們逃難。

這一路上，那位可憐的父親一直在咳嗽，好像隨時都會有死在路上的危險，可是神父這時只能是悄悄地跟著他們，絕對不能夠答應幫助他照顧孩子，否則這位父親可能馬上就躺在地上再也起不來了。他們就這樣走了幾天，終於到達了邊境，進入了鄰國為難民們特別安排的營房。人們到了這裡就意味著有了基本的生活保障，有了一個安身之處。那位父親終於堅持著走到了目的地，當他一看到這些難民營時，突然就昏倒在地，再也不能動了。小男孩看見父親這個樣子，嚇得趕快趴在父親的身上哭喊，希望父親能夠醒過來。

就在這個時候，神父領著兩位醫護人員過來了，趕快把這位父親抬到了臨時搭建的急診室裡。後來，這位父親經過醫生的搶救，終於醒過來了。小男孩跟父親說了事情的經過，父親頓時感動得流下了淚水。原來神父一直都在路上注意著這對父子。

後來神父說：「我之所以不答應替你照顧孩子，就是希望你能夠用內心的那份對兒子的愛和信念來支撐自己走到邊境，將來好好地照顧你的兒子，否則他就會成為一個可憐的孤兒，他需要父愛。然而，要是你真的在路上堅持不住了，我也肯定會替你照顧他的。」

愛的話語

無疑，神父是愛這對父子的，只是這種愛隱藏在一種智慧之中；而這種智慧給了父親一定要走到鄰國邊境的信念，這種信念挽救了這位父親的生命，也為他的孩子留下了一個偉大的父親。

父愛就像每個父親在孩子中的形象一樣，偉岸高大！父愛不會像母愛一樣無微不至，但是他們的愛會讓人們感到堅強，能夠得到生存的勇氣。

孩子，你的父親可能很少像母親一樣嘮叨你們，可能還會因為工作的原因，一天跟你說不了幾次話，甚至是一週都見不了一次面。這時，你是不是感覺父親不愛你呢？其實並不是這樣的，他也希望能夠天天地陪著你；可是他不能，因為他要為一家人的生活去奔波。你作為好孩子應該理解父親，並不時地去關愛你的父親，讓他因為你的愛而生活得更加幸福。他為了你同樣會付出他的一切，甚至是生命。

孩子，父親可能天生就不善於表達他對自己孩子的愛，但是他又確實是愛你的，所以你要用自己的愛去溫暖父親的心靈，讓父親因為你的愛而變得幸福快樂。

32

誠信的售貨員

很多年以前，一位女士到英國旅行的時候，去逛了一家百貨超市。她優哉游哉地走到了賣鞋的區域，在一個攤位前，她看到了一堆鞋子，上面有一個牌子寫著：「清倉大拍賣，超低價體驗品牌鞋的質感。」

她被這個牌子吸引住了，走過去一看，一眼就看到了一雙非常漂亮的紅色皮鞋，原價是五十英鎊，現價才五英鎊。她就趕忙試穿了一下，感覺非常舒服，而且跟她的衣服的顏色非常搭配，看上去簡直像是設計成一套的一般。她非常開心，感覺自己占了個大便宜，於是決定買下它。

女士把那雙鞋子捧在手裡，跟售貨員示意要買這雙鞋子。

售貨員笑著走了過來，對她說：「小姐，您好！請問您是要買這雙鞋子嗎？」

女士點點頭，售貨員又接著說：「請您再讓我看一下這雙鞋。」

女士想：「不會是標錯價格了吧！」趕緊問售貨員：「請問這雙鞋有什麼問題嗎？是不是價格標錯了？」

售貨員看到女士緊張的表情，趕緊笑著說道：「不是的，小姐，您別擔心，這雙鞋的價格沒有標錯，我只是想看一下這是不是我們店裡那兩隻特殊的鞋子！」

服務人員看了一下那兩隻鞋的鞋號，接著說：「果然是那兩隻鞋！」

女士有點不明白，問道：「這兩隻鞋，為什麼不說一雙鞋呢？」

售貨員說：「小姐，我看您是真心實意地要買這兩隻鞋子，所以我想要跟您把這兩隻鞋的情況說明一下，請您到這邊來一下。」

那個售貨員把女士帶到了一個安靜的地方，跟女士說明了這兩隻鞋子的情況。

售貨員解釋說：「我必須跟您講清楚，這真的是兩隻鞋，而非一雙。它們的確是同材質、同款式，但是尺寸並不一樣，這隻比那隻小一號。您把兩隻鞋都穿上試一下，就知道了。可能是我們的售貨員以前賣貨時不小心弄錯了，所以就只好把它們湊成了一雙。我一定要跟您說明這個情況，我們要講誠信，否則您真的買回去了，到家一穿，發現不一樣大，肯定也會責怪我們，而且還要換貨，這樣會給您帶來麻煩。所以現在您知道了真相，您可以做出決定，如果不買也沒關係，可以繼續看其他您喜歡的鞋子。」

女士聽到這些話，感到自己此時拿著的不只是鞋子，更是一種誠信，她非常感動。

她看了一下這兩隻鞋的號碼，一隻是自己的鞋號，另一隻大一號，她想：「反正是皮鞋，有鞋帶，大點沒關係，穿著還舒服呢，就算是對這家店講誠信的回報，我就買下它們吧！」

這件事情已經過去很多年了，女士依然非常喜愛那雙鞋子，好多人都稱讚她的鞋子買得太值了，然而，每次女士都會給他們講關於這兩隻鞋子的故事，而且每次講的時候她都會被那家店的誠信深深地感動。以後女士每次去英國的時候，都會去那家店裡買幾雙鞋子，慢慢地這已經成為了一種習慣。

愛的話語

誠信是一個人能夠得到別人的信任的最好的品德，一個人只有自身擁有誠信，才會得到別人的信任和尊重。孩子，誠信並不是每個人都會擁有的，生活中有很多不講誠信的例子，如果沒有誠信一個人就很難在社會上立足，最終還可能會被社會唾棄。所以你要學會講誠信，擁有這種美好的品德，你就會得到更多人的尊重和信任，這樣你就會得到更多人的愛，因為你擁有誠信，你值得別人去愛。這樣你的生活就會沐浴在愛的陽光下，空氣裡到處都會飄散著愛的芬芳。

孩子，你一定會成為一個講誠信的好孩子，誠信會讓你成為生活的主宰，甚至是改變你的一生。誠信不僅是對你們自己的尊重，更是對他人的尊重，它能夠使你們獲得更多的愛和感動，這些愛會伴隨著你成長，你的生活也會因為有愛而過得更加充實和快樂！

33

有沒有善緣

最近，聽到一個佛教的朋友講到一個他聽來的真實故事：

有一天，大雨滂沱，有一個中途返回寺廟的和尚看到不遠處有一座莊園，便想過去借宿一晚。

誰知，守門人看到這個渾身濕淋淋的和尚後，冷冰冰地說：「我家老爺向來和僧道無緣，所以還是請你另找投宿的地方去吧！」

和尚懇求地說：「雨這麼大，四處也沒有人家，況且您們莊園裡還有許多空房子，請行個方便吧！」

「你這個人怎麼搞的，我不是說我家老爺和僧道無緣嗎？你還是走吧！」正說著，驚動了莊園裡的主人，他走到門廊，看了看和尚說：「您還是走吧，僕人已經把我的意思清楚表達了！」

和尚無奈地搖了搖頭，然後冒著大雨離開了。

多年之後，莊園的主人娶了一位小妾，對她寵愛有加。小妾想到寺廟上燒香祈福，他便陪同她一同前往。

到了寺廟裡，他看到自己的名字被寫在一塊顯眼的長生祿位牌上，覺得納悶，就詢問了一個小和尚。

小和尚說：「這是我們的主持寫的，多年之前，他曾經冒著大雨回來，說有一位施主和他沒有善緣，所以就製作了這塊長生祿位。從此，他天天誦經，希望能和那位施主解怨結、添些善緣，並讓他早一日離苦得樂。而至於詳情，我只知道這些。」

莊園的主人聽了這番話，既覺得慚愧又深受感動。回去後，他好好地思量一番，決心捐金護持以謝前罪。最終，他成了這家寺廟的虔誠的功德主，香火連年不斷。

由於莊園的主人具有了善念，他變成了一位大善人，不再是人們避而遠之的冷酷無情人了，反而人們更樂意接近他。

後來，他還活到了一百多歲，他的後代也都成了慈善之人，並廣結善緣。由此，他在當地人心目中的美好形象與日俱增。

時至今日，人們還是那麼地尊敬與愛戴他！

愛的話語

孩子，莊園的主人一開始認為與和尚沒有善緣，所以對和尚態度冷冰冰的也沒有情分，連他的僕人也是如此。直到後來，擁有了那份愛心後，他才能一生過得充實。

孩子，一個人的富有，並不在於財富有多少，而在於能啟迪多少人的善念。這裡可以從世界首富比爾．蓋茨把大部分的錢財用來做慈善來說明！而對於文中和尚的做法，則驗證了中國數學家華羅庚的一句話：「人家幫我，永誌不忘；我幫人家，莫記心上。」

所以，孩子，當你與他人有仇怨的時候，不但不能抱怨，還要想辦法施恩與他，讓他感受到你的愛，從而不與你錙銖必較而「回頭是岸」。

34

因寬容而得到遺產

在芬蘭的一個小鎮上，住著一位老紳士，他非常的富有。只不過他年紀越來越大了，於是準備立下遺囑，把自己的財產分配給一個可靠的繼承人，可是他有三個兒子，到底分配給哪一個兒子合適呢？他想來想去，決定通過一些測試，把財產分給其中的一個兒子。可是到底應該給他們出什麼樣的題目呢？

老紳士經過一段時間的苦想，終於想出了一個令自己滿意的測試方法。

老紳士對兒子們說：「孩子，你們就用半年的時間去外面走走吧，在這期間你們要做一件高尚的事情。然後，回來講給我聽，我再做決定到底誰能夠繼承我的財產。」

半年的期限很快就到了，老紳士的三個兒子都趕回了家中，他們都把自己做的最高尚的事情給老紳士細細地說了一遍。

大兒子覺得自己做的事情非常高尚，顯得很得意，他說：「我在這半年的時間裡，做了一件非常高尚的事情。我碰到了一個人，我們互不相識，可是他說我看起來非常誠實可信，決定把他的錢交給我，讓我小心替他收著，就出差去了。可是過了一段時間他卻意外地出車禍死了，我記得他跟我說過他家的地址，我就趕快把錢送還給了他的家人。雖然路途遙遠，路上也遇到了很多的困難，但是我還是堅持這麼做了。」

老紳士聽完點點頭，沒有說話。

輪到二兒子開口了，他的表情卻顯得尷尬不自在，他說：「我沒有碰到過像大哥遇到的那樣的好事——得到別人的信任，辦了那麼高尚的事情。我在這半年裡遇到了一個人，他總是想偷我的錢，我總是遭到他的陷害。有一次在一個飯店裡，他真的把我的錢偷走了，我吃完飯沒錢付賬，差點被人家打死。有一天，我意外看見偷我錢的人在一棵大樹下睡覺，而樹卻長在山崖邊上，我看到他突然一轉身，眼看就要掉下懸崖去了，於是二話不說，立刻上前伸手拉住了他。雖然他害過我，但是我還是原諒了他。」

老紳士聽完深深地點了點頭，表情明顯跟聽完大兒子的話不一樣。

三兒子滿臉得意，自覺有信心能夠拿到父親的財產，他說：「這半年裡，我去過好多地方。當我走到一個村莊的時候，發現那裡看上去真是窮困極了。我繼續往前走著，突然看到一個小孩跳進了河裡，於是趕快跳下河把他救了上來。後來才知道他因為家裡貧窮，以致灰心絕望，決定跳河，一死了之。因此，我決定把自己一半的錢分給那個孩子，自己留下另一半。我希望能夠讓他的家庭富起來！」

老紳士聽完同樣只是點點頭，沒有說話。

聽三個兒子講完自己的遭遇，老紳士自己想了一會兒之後，開口說道：「我的孩子，你們都做得非常好，你們誠實、捨身救人，擁有很高的德行。但是在人與人相處的過程中，如果能夠做到像老二那樣原諒自己的敵人，甚至是對他伸出援助之手，這需要非常寬闊的胸襟。這種對敵人的寬容之心並不是每個人都有的，我覺得這才是最高尚的。那麼，我決定了，我的財產就全部留給老二，因為他的行為最好地詮釋了什麼是寬容，擁有這種廣博胸懷的人一定會讓我的財產得到更好地運用，發揮它最大的價值。」

愛的話語

寬容是一種非常美好的德行。一個人想做到寬容別人的錯誤，那是非常困難的一件事。而要原諒與自己有仇的敵人，那更是難上加難，這得需要多麼廣博的胸懷啊！

孩子，你能夠成為這樣的人嗎？你一定可以！寬容別人就是寬容自己。如果一個人整天活在對別人的責怪和怨恨之中，那麼他就永遠不會開心，永遠得不到真正的幸福，他們也感覺不到別人的愛和世界的美好！如果是這樣，那是多麼悲哀的事情啊！

孩子，俗話說：「宰相肚裡能撐船。」你一定要學會做心胸寬闊的宰相，擁有他們那博大的胸懷，這樣你的生活才會充滿幸福，別人也會因為你們的原諒，而獲得快樂。原諒別人不僅是愛別人，更是愛自己，如果你真的這麼做了，那麼你就一定會每天生活在充滿愛的世界中。

35

感恩的恩惠

社會經濟進入大蕭條時期，很多人都不能吃飽，甚至是沒有吃的，人們每天都在與死神進行搏鬥。在美國的一個小鎮上，住著一位非常富有而又心地善良的麵包師，他想為鎮上的孩子做點什麼。於是，麵包師把鎮上最貧窮的孩子叫了過來，大概有五十個小孩。

麵包師對他們說：「孩子，在經濟恢復之前的一段時間裡，你們每天都可以來我這裡領一個麵包充饑。」

聽完麵包師的話，孩子們都又蹦又跳，非常高興地笑了。以後每天早晨，孩子們都很早就來到了麵包師的家裡，因為他們都想來早點拿到那個最大的麵包。每次他們都會圍住放滿麵包的箱子，你推我，我推你，開始搶麵包。一會兒工夫，麵包就被搶光了。孩子們拿到麵包之後，就趕快跑開了，甚至顧不上和善良的麵包師說一聲「謝謝」。這讓麵包師感到非常傷心，感覺自己的付出都是徒勞的。

只有一個小姑娘，名叫夢娜，她既不和別人一起大聲吵鬧，也不同別人爭搶箱子裡的麵包，而是非常謙讓地站在他們旁邊，等著別的孩子拿完以後，她才過去從麵包箱子裡拿起那個最小的麵包，而且，這個小姑娘每次回家之前都不忘了對麵包師深深地一鞠躬，表示對麵包師的感恩。她的行為，讓麵包師感到非常欣慰，覺得自己做的是一件非常有意義的事情。

有一天早上，當所有的孩子都搶完麵包離開之後，箱子裡剩下了一個比以前更小得多的麵包，夢娜拿起麵包，依然像平時一樣給麵包師深深地鞠了一躬。

小女孩開心地回家了。想不到，媽媽才剛切開麵包，竟然發現麵包裡藏有一枚金幣。

媽媽非常奇怪，就著急地對夢娜說：「夢娜，快過來，這個金幣一定是麵包師不小心掉到裡面的，你趕快給他送回去，一定要親手交給麵包師！」

小女孩聽完媽媽的話，就飛快地拿著金幣出門了。

她來到麵包師家中，急忙拿出金幣，對麵包師說：「好心的麵包師，這是您掉在我的麵包裡的金幣，我把它還給你！」

看著孩子滿臉認真的表情，麵包師把小女孩拉到旁邊的凳子上坐下，對她說：「善良的孩子，這枚金幣不是我不小心掉進去的，而是我故意放進去的。我為的就是要告訴你一個做人的道理：懂得感恩的人，上帝會給他更多的恩賜。希望你能夠永遠擁有這顆感恩的心，這樣你就會得到更多的賞賜。小姑娘，趕快回家去吧，就跟你的媽媽說，這些錢是你感恩的心被上帝看到了，上帝對你們的恩賜！希望你以後能夠生活幸福！」

小女孩在回家之前，仍舊給麵包師深深地鞠了一躬。她好像聽懂了麵包師的話，以後小女孩就以麵包師的話為生活真理，她一直這樣做著，履行著對麵包師的承諾，一直擁有一顆感恩的心。也正是因為這樣，她才會每天感受到愛，感受到更多的幸福，一直快樂地生活著！

愛的話語

故事裡的麵包師是一位非常善良的人，他希望在鎮上的人們遇到困難的時候能夠盡最大的努力幫助他們。但是，那些小孩們卻不懂得感恩。孩子，人都需要幫助，但在得到幫助之後要學會感恩，只要通過最簡單的方式來表達就可以了。如果連最簡單的「謝謝」兩個字都不願意說，那麼你覺得那些人還值得幫助嗎？只有懂得感恩的人，才會得到別人的愛！感恩是快樂的，是美好的，是擁有愛的表現。

孩子，無論什麼時候你們都應該擁有一顆感恩的心，這樣才能夠得到更多的恩賜！感恩的心會讓你感覺到生活的快樂和幸福，會讓你成長在充滿愛的美好世界中。

36

一杯牛奶的報答

有一個男孩，生活條件非常艱苦，他為了實現自己能夠繼續上學的理想，為了積攢自己的學費，就去鎮上的每家每戶推銷商品。他每天都勤奮地工作著，因此每天都感到非常疲累。只是，日子一天一天地過去了，他的推銷工作開展得卻一點都不順利。

有一天，他出去推銷，卻什麼都沒有賣出去，傍晚時分他已經疲憊不堪，又餓又冷。這時他對生活絕望了，甚至想放棄自己的學業，放棄自己的一切。他實在是沒有別的辦法了，萬般無奈之下敲開了一扇門，希望這裡的主人能夠給他一杯熱水。

開門的是一位年輕漂亮的女士，她熱情地遞給男孩一杯熱牛奶，溫柔地對男孩說：「孩子，你把它喝了吧，這樣你就會暖和了，然後趕快回家吧！」

看著這位熱情而又善良的女士，男孩又重新擁有了活下去的勇氣和希望，他更加堅定了自己對學業的信念。

眼含著淚水把這杯帶著甜蜜愛心滋味的牛奶喝完了，他對年輕的女士說：「善良的人，謝謝你，你給了我生活的希望！」

好多年過去了，男孩經過自己的努力，完成了自己的學業，實現了自己的理想，並且成為了一名優秀的外科醫生，一直從事著治病救人的高尚職業。他心裡盼望著，有一天能夠再次碰到他的恩人，能夠有機會報答她。

有一天，這個醫院裡來了一位病情非常嚴重的婦人，而且是因為重症才轉過來的。

家屬懇求醫生：「醫生，求求您了，一定要醫好我的媽媽，她一定要好好地活著！」

醫生聽了之後，對家屬說：「你們放心，我一定會盡全力來治好你們的媽媽。」

十幾個小時之後，手術室的燈終於滅了，醫生出來了，對家屬說：「你們放心，你們的媽媽好人有好報，她已經脫離危險了。」

家屬都太激動了，說了好多感激這位醫生的話。

在這位婦人住院時，醫生無意間發現，自己醫治的這位病人原來竟是自己當年的大恩人，就是那位在自己最無助的時候，給了他一杯熱牛奶的大恩人，就是那位給了他重生的希望的大恩人。他覺得自己應該為恩人做點什麼，他要做一個知恩圖報的人。現在恩人最需要的就是籌湊昂貴的手術費，家人一直為這個擔心。這是一個報答恩人的機會，於是他就替婦人交了手術費。

等到那位婦人的家人硬著頭皮去交手術費的時候，醫院收費處說已經有人交過手術費了。家人都感到有些奇怪，這麼多錢誰會替他們交呢？而且還不留姓名。後來，他們終於找到了這個人，就是那位醫生。他們想要把手術費還給醫生，可是醫生說什麼也不肯要，只是給了他們一張手術費的單子，上面寫著這樣幾個字：「手術費＝一杯牛奶。」

家人有些不能理解，不明白這到底是怎麼一回事，後來才聽母親講述了這個故事。

母親欣慰地說：「這個孩子是在報恩，我當初沒有看錯這個孩子。」

愛的話語

故事中的這個孩子，為了自己的理想而不斷堅持，雖然也有過想要放棄的時候，但是在好心人的幫助下，他還是堅持了下來，並且實現了自己的夢想。他一直想要找到自己的恩人，希望能夠報答她，最終如願以償。孩子，這就是你應該學習的地方，你生活中會遇到困難，但你也會遇到幫助你的人，他們就是你的恩人，是值得你去尊敬、去愛的人。

孩子，你這一生中肯定會得到許多人的恩惠，這些恩惠可能會改變你一生的命運，那麼你是不是也要把它們記在心底，等著將來有機會去報答自己的恩人呢？

報恩和感激是人類發自內心的一種愛，是人性的閃光點！你一定要做一個懂得知恩圖報的好孩子！

37

對別人寬容的父親

有一位父親，他曾經講過一個真實的故事，這讓我們明白了寬容對於每個人來說都是非常重要的，這可能會改變他們的一生。

有一天，這位父親生病了，而且需要在醫院吊點滴。醫生領著他來到了一間病房，安排他躺好，就出去叫一名護士進來幫忙。小護士看上去非常年輕，好像是剛從學校畢業的模樣，感覺有點緊張。這位父親看到小護士的手在微微地顫抖，可是他沒有要求醫生換個護士幫他服務，而是躺好等待著小護士過來為自己扎針。這位父親心裡想：「她可能是剛畢業，所以會緊張。這個時候我就更不能打擊她，我要鼓勵她。雖然自己要受點兒罪，但是這也是值得的。」

小護士終於準備好，開始給這位父親扎針，她先輕輕地為他綁上一根膠管，然後拍拍他手上的血管，看上去非常認真，也非常負責。可是當她拿起針來準備注射的時候，手卻抖動得厲害。由於這位父親有點胖，所以血管很不容易找到。小護士仔細地找著，好像是找到了，擦了點藥水，就扎了下去。可是沒有扎好，又趕緊拔了出來。又開始找，可是找了半天還是沒有找到比較清晰的血管。當她又一次扎進去的時候，還是沒有扎對，只好又拔了出來。這位父親有點著急了，想要對她抱怨幾句，可是當她抬頭看見這個小護士時，他又把怨氣壓了下去。小護士的額頭上全是汗珠，臉上的神情也很焦急。

這個時候這位父親想起了自己的女兒，他微笑著對小護士說：「不要緊張，再重新扎一次，是我的血管太難找了，再扎一次肯定會成功的。」

就這樣，在這位父親的鼓勵下，小護士扎了第三針，這針終於扎上了。她好像完成了一個重大使命一樣，非常激動，眼淚好像都快要流出來了。

小護士露出了燦爛的笑容，她終於鬆了口氣，這位父親也鬆了口氣。

小護士擦了擦額頭上的汗珠，望著這位父親，心裡非常愧疚，怯怯地說：「大叔真是太對不起您了，我是剛來這裡實習的護士，我第一次給真正的病人打針，所以心裡非常緊張。但是我非常慶幸，因為我遇到了您。您不但沒有責怪我，而且還給予了我鼓勵，要不然我真的會失去信心，說不定還會永遠留下陰影或者是做不了護士了，真的太感謝您了！」

這位父親非常欣慰地笑了笑，而且笑裡帶著寬容，他對小護士說：「孩子，沒關係，我就是多疼幾下也沒什麼，如果能夠讓你因此跨過心裡的門檻，成為優秀的護士，那就太好了！其實，我也有一個女兒，她和你差不多大，現在正在讀護理學校，將來也會成為一名護士，也會面對第一位患者，我也希望我的女兒在第一次給人打針注射時能夠得到患者的寬容，得到他們的鼓勵，這樣我的女兒也會成為一名優秀的護士。」

愛的話語

一個能夠懂得寬容的人，就是一個幸福的人！孩子，你在生活中學會寬容別人，就是學會了愛別人。別人得到了你的愛，那麼他們會因為你的愛而變得非常幸福，非常快樂，他們也會把自己的愛奉獻出來。這樣，就會有更多的人得到他們的愛，這其中也包括你。此時你將會感到非常幸福，非常甜蜜！寬容一個人，不僅能夠使自己生活得輕鬆快樂，感受到生活的幸福與美好，別人也會因為你的寬容，而變得快樂幸福，這是一件多麼美好的事情啊！

孩子，寬容別人，用你的愛去原諒別人，這樣，別人會得到愛，你會得到比別人更多的愛，更多的幸福！為了幸福快樂的生活，你一定要學會寬容身邊的每一個人，這樣你的心中就會充滿愛，就會是一個傳遞愛的快樂天使。

38

傲慢的軍人

從前有個偉大的國王，他獨自一人騎馬去旅行，經過幾天的跋涉之後，來到了國土的西北部。這天國王來到一個小城鎮，由於希望能夠深入民間，體察民情，所以就把自己的行李和馬匹留在一家名叫「好再來」的旅店，然後換上一身平民衣服，上街去了。逛過了大半天，國王想回旅店歇一歇時，卻發現自己不記得回去的路了。

此時，國王突然看見一個軍人站在街口，於是走過去，非常有禮貌地問：

「請問你能告訴我『好再來』旅店怎麼走嗎？」

軍人神情非常高傲，扭頭看了國王一眼，指著前方的路口，語氣不耐煩地說：「喏，從那裡轉進去就到了。」說完兀自轉身繼續抽自己的煙。

國王又問：「請問這裡離『好再來』旅店還有多遠的路？」

軍人面無表情地說：「大概五千米。」然後，不屑地瞪了國王一眼。

國王微笑著點點頭走了。

可是，走了一小段路，國王又折回來，對軍人說：「朋友，我能再問你最後一個問題嗎？」

軍人看了國王一眼，沒有說話，好像是同意了。

國王笑著說：「我看你是位軍人，請問你現在擁有什麼軍銜？」

軍人聽到這個問題，愣了一下，更加高傲了：「軍銜？我就是說了，你能懂嗎？」

國王非常幽默地對他說：「也許至少你得是個中尉吧？」

軍人的表情很不屑，肯定不是中尉。

國王又說：「那就是上尉吧？」

軍人還是那種不屑的表情，對國王說：「比上尉還高點。」

「哦，我知道了，那你肯定是個少校。」國王笑著說。

軍人感覺自己非常了不起，回答說：「這次你說對了！」

國王聽完他的回答，給他敬了一個軍禮。

軍人回過身，好像在對自己的部下說話一樣，問國王：「那你是幹什麼的？」

國王臉上仍然是掛著笑容，對他說：「我和你一樣，也是個軍人！」

軍人一聽很驚訝，趕忙問國王：「那你的軍銜是中尉？」

國王搖搖頭，笑著對他說：「我不是中尉。」

軍人想了一下，又接著說：「難道你也是少校？」

「我不是少校！」國王仍然笑著說。

氣氛有點尷尬，軍人的高傲好像正在慢慢消失。

國王說：「你再猜！」

軍人的語氣變得溫和多了，說：「你不會是將軍吧！」

國王笑著說：「繼續猜，馬上就要猜到了。」

軍人的聲音有點發抖，繼續說：「難道你是陸軍元帥，這次猜對了嗎？」

軍人感覺越來越緊張，說話都開始語無倫次了。

國王仍然笑著說：「其實，你還可以再猜一次！」

聽到這句話，軍人的身體開始有些顫抖，一下子跪在了國王面前，懇求說：「國王陛下，請您原諒我的傲慢，饒恕我吧！」

國王依舊是笑容滿面，對他說：「你讓我饒恕你什麼呢？我問旅店的路怎麼走，你幫助了我，我應該感謝你，況且你我都是軍人。」

國王饒恕了他，也教會了他應該怎麼做一名軍人。這位國王就是著名的軍事家、政治家亞歷山大大帝。

愛的話語

孩子，你看一個人的時候，不能夠以貌取人，對每一個人都要表現出尊重，因為尊重別人也是尊重自己。你對別人尊重，才會讓別人感受到你的愛，這樣，別人同樣會尊重你，會愛你。相互的尊重，便能得到相互的愛！在你懂得了尊重每一個人的時候，就會懂得如何去寬容別人。你的寬容就是一種愛的表現，能夠讓別人感受到愛，同時你也就得到了別人的尊重。當你犯了錯誤時，別人也會用博大的胸懷寬容你，用愛去包容你。

孩子，尊重和寬容別人，就是對別人的愛。你學會愛別人，並不會有什麼損失，相反，你會得到別人更多的愛。這樣，你會變得非常富有，成為一個愛的富翁。

39

給實習生的考題

醫院裡來了一位剛剛畢業的護士，在醫院做實習生，實習期為三個月。當然，醫生都希望有一位出色的助手，因為一個優秀的護士就像是醫生的左膀右臂，能很好地配合醫生的各項工作，有利於醫生各項醫療工作順利安全地完成。

院方承諾，如果在這三個月實習期之內，這名護士能夠讓院方滿意，那麼他就可以獲聘成為醫院的正式員工；當然，如果不能達到院方滿意，那麼實習期滿就必須離職。

有一天，醫院裡來了一位因交通事故而生命垂危的病人，這名實習的護士被安排做著名外科手術專家的助手，而這位專家就是該院的院長。這名護士既激動又緊張，但是為了成功地完成這項任務，他還是深深地吸了一口氣，以便讓自己平靜下來——這是成為一名好護士應該具備的最基本的心理素質。

這臺手術非常複雜，從早上一直進行到了傍晚，經過長時間的艱苦手術之後，患者的傷口即將要進行縫合。

可是，這名護士突然盯住院長，一臉嚴肅地說：「院長您等一下，我們給這位患者一共用了十塊紗布，可是現在您只拿出了九塊。」

聽到實習護士的這些話，手術室裡充滿了尷尬的氣氛，所有的人都默不作聲，靜靜地站著，觀察著院長的表情。

院長連頭都沒有抬，只是說了一句：「我是醫生，還是你是醫生？這是我做的手術，難道我連用了幾塊紗布都不知道嗎？還想不想幹了？手術一切順利，立即準備縫合。」

這個護士想：「這樣絕對不行，就算因此而丟掉這份工作，為了病人的安全，我也要堅持到底。」他開始大聲地對院長表示抗議：「絕對不行！我們的確是給這位病人用了十塊紗布，您必須再檢查一遍，肯定有一塊沒有取出來！」

院長不耐煩地大聲對這個護士說：「我看你真的是不想要這份工作了！」

此刻，手術室裡的人員都不敢插嘴，顯得有點不知所措。

護士的眼神充滿了矛盾，但是他最終還是堅持自己的態度，堅定地說：「院長，就算我今天會失去這份工作，我還是會堅持立場：您一定要檢查再次病人的紗布。我身為一名護士，要承擔起我的責任，不但要對病人的生命負責，更要對我的領導負責。如果我連這些都做不到的話，那我就不會成為一名好護士。」

這時，院長的臉上不但一掃陰霾，還漾滿了笑意，而且整個手術室的人也都表現出了對這位護士的信任和讚賞。答案揭曉！院長拿出了自己握在手裡的那最後一塊紗布。接著，院長帶頭舉手表決，同意這位護士成為醫院的正式員工。大家也都舉起了手表示同意院長的決定。

表決完，院長激動地說：「這才是我最想要的助手。」

此時，這個實習護士還沒有弄明白是怎麼一回事呢！

「哈哈哈！」手術室裡的人都笑了。

原來，這是院長給他出的一道考題，做手術之前院長先知會其他人了。實習護士心裡非常高興，他想：「這多虧我當時堅持了下來，堅持對病人負責，堅持對工作負責，當然更是對自己的行為負責，這樣我才有資格做一名護士！」

愛的話語

一個人要想把工作做好，那麼就要學會承擔責任，無論從事哪一個行業，都要努力做到這一點。孩子，這名實習的護士寧願丟掉自己的工作，也不願丟掉自己的責任心，因為他明白作為一名護士，一旦丟掉了責任心，那麼他就不能成為一名合格的護士，也就沒有資格再做護士了。他的認真負責就是對自己病人的愛，更是對自己職業的熱愛。的確，對於醫生和護士來說，病人的健康和生命掌握在他們手中，他們的負責不僅僅是對自己負責，更是對別人生命的負責，意義更加重大。

孩子，你從這個護士的負責任的舉動中一定受到了一些啟發。無論你們以後做什麼，甚至是長大以後無論從事什麼職業，你都要永遠記住這個護士的小故事，記住自己應該承擔的那一份責任和對別人的那份愛。

40

用心來寫字

有一位偉大的書法家，從小就非常勤奮地練習書法，寫字能讓他感到快樂。但是，幾年之後，他的書法水準卻沒有任何提高，因此每天都非常苦惱。

他於是找到了一位老書法家求教。因為這個老先生的書法可以說是出神入化，非常完美。

老先生給了他一本很厚的字帖，對他說：「你只要把這上面的字練好了，書法水準就會有很大的提升。」

他回家之後，天天在這本厚厚的字帖上練習，沒幾天的工夫，就把字帖上的字寫完了。他馬上把寫好的字拿去給那位老先生看。

老先生看完以後愣了一會兒，說：「你如果想要跟我學字，那就要用我的紙來寫。」

他說：「好啊，只要您肯收我做徒弟，怎麼辦都行。」

老先生說：「我的紙一百元一張。」

他聽完老先生的紙價，心裡暗暗想：「怎麼這麼貴啊？是什麼名貴的紙啊？」但為了能學好書法，他答應了老先生的條件。

他於是跑回家跟媽媽要錢。媽媽一聽孩子要錢是為了學習書法，就非常支持，把錢給了他。他拿了錢返回老先生那裡，老先生給了他七張紙。可是這紙跟平時用的並沒什麼區別啊，怎麼會這麼貴呢？

由於這些紙張花了很多錢才買到，所以他遲遲不敢在上面下筆寫字。他看著字帖上的字，一遍一遍地琢磨，非常認真地用手指在桌子上練習。

老先生說：「你為什麼一個字都沒寫呢？」

他說：「這些紙太貴了，我要把最好的寫在上面，所以我要先認真地想想。」

老先生說：「如果一個字都不寫，那我怎麼教你呢？」

他就想了一下，認真地在那張紙上寫起來。寫完之後，他自己都震驚了，因為這個字比字帖上的更剛健有力。

老先生看到他寫的這個字，笑著說：「你的錢沒有白花，你終於成功突破了心中的那道屏障。你以前寫不好，就是因為你沒有全身心地投入到書法中來，所以就不能體會到書法的真正魅力，練習多少年都是徒勞。一個真正的書法家是需要用心來寫字的。」

他聽完老先生的話深受教育，以後他每次寫字都會用心去寫，後來他寫的字也達到了出神入化的境界，成為了真正的大書法家。

愛的話語

孩子，你在做任何事情的時候，都有必要投入精力，不能三天打漁兩天曬網。你有必要全心全意，這樣，你才能把事情做好。用心去做事情，就不至於半途而廢。你用心也是對所做事情的一種愛，這會讓你責無旁貸。

你有必要熱愛自己所做的事情，那麼，你就會越做越有興趣，說不定因此而有意外收穫，甚至有「得來全不費工夫」的驚喜呢！

少年文學22　PG1227

精選四十個中學生必讀的愛的故事

作者／子陽
責任編輯／林千惠
圖文排版／周妤靜
封面設計／王嵩賀
出版策劃／秀威少年
製作發行／秀威資訊科技股份有限公司
114 台北市內湖區瑞光路76巷65號1樓
電話：+886-2-2796-3638
傳真：+886-2-2796-1377
服務信箱：service@showwe.com.tw
http://www.showwe.com.tw

郵政劃撥／19563868
戶名：秀威資訊科技股份有限公司
展售門市／國家書店【松江門市】
104 台北市中山區松江路209號1樓
電話：+886-2-2518-0207
傳真：+886-2-2518-0778

網路訂購／秀威網路書店：http://www.bodbooks.com.tw
國家網路書店：http://www.govbooks.com.tw
法律顧問／毛國樑　律師

總經銷／聯寶國際文化事業有限公司
221新北市汐止區康寧街169巷27號8樓
電話：+886-2-2695-4083
傳真：+886-2-2695-4087

出版日期／2014年12月　BOD一版　**定價**／240元
ISBN／978-986-5731-12-0

秀威少年
SHOWWE YOUNG

國家圖書館出版品預行編目

精選四十個中學生必讀的愛的故事 / 子陽著. -- 一版. --
臺北市 : 秀威少年, 2014.12
面； 公分
ISBN 978-986-5731-12-0 (平裝)

859.7 103020511

讀者回函卡

感謝您購買本書，為提升服務品質，請填妥以下資料，將讀者回函卡直接寄回或傳真本公司，收到您的寶貴意見後，我們會收藏記錄及檢討，謝謝！

如您需要了解本公司最新出版書目、購書優惠或企劃活動，歡迎您上網查詢或下載相關資料：http:// www.showwe.com.tw

您購買的書名：________________________________

出生日期：________年________月________日

學歷：□高中（含）以下　□大專　□研究所（含）以上

職業：□製造業　□金融業　□資訊業　□軍警　□傳播業　□自由業

□服務業　□公務員　□教職　□學生　□家管　□其它_____

購書地點：□網路書店　□實體書店　□書展　□郵購　□贈閱　□其他

您從何得知本書的消息？

□網路書店　□實體書店　□網路搜尋　□電子報　□書訊　□雜誌

□傳播媒體　□親友推薦　□網站推薦　□部落格　□其他__________

您對本書的評價：（請填代號　1.非常滿意　2.滿意　3.尚可　4.再改進）

封面設計____　版面編排____　內容____　文／譯筆____　價格____

讀完書後您覺得：

□很有收穫　□有收穫　□收穫不多　□沒收穫

對我們的建議：________________________________

____

____

____

請貼
郵票

11466
台北市內湖區瑞光路 76 巷 65 號 1 樓
秀威資訊科技股份有限公司 收
BOD 數位出版事業部

（請沿線對折寄回，謝謝！）

姓　　名：＿＿＿＿＿＿＿＿　年齡：＿＿＿＿　性別：□女　□男

郵遞區號：□□□□□

地　　址：＿＿＿＿＿＿＿＿＿＿＿＿＿＿＿＿

聯絡電話：(日)＿＿＿＿＿＿＿＿(夜)＿＿＿＿＿＿＿＿

E-mail：＿＿＿＿＿＿＿＿＿＿＿＿＿＿＿＿